「——好啦，就讓我展露
這世上最為高貴的力量給你們瞧瞧！」

這是妳與我的最後戰場，或是開創世界的聖戰 8

the War ends the world / raises the world

米潔曦比・休朵拉・涅比利斯九世

Mizerhyby Hydra Nebulis IX

涅比利斯三大血族之一，休朵拉家的下任女王候選人。不僅貴為公主，還寄宿著名為「光輝」的特殊星靈。原本髮色和塔里斯曼一樣是金色，但在身上寄宿星靈的同時，她的頭髮也隨之染成了藍色。

☆ 露家
愛麗絲莉潔・露・
涅比利斯九世
Aliceliese Lou Nebulis IX
涅比利斯皇廳的第二公主。在帝國軍襲擊事件後為受傷的女王代理職務，目前以代理女王的身分在王宮中東奔西走。

the War ends the world / raises the world

休朵拉家
米潔曦比・休朵拉・
涅比利斯九世
Mizerhyby Hydra Nebulis IX
「還真是見外呀。
要是有事前預約，我至少會招待你們喝杯茶。」
佐亞家
琪辛・佐亞・
涅比利斯九世
Kissing Zoa Nebulis
涅比利斯三大血族之一，被稱為佐亞家祕密武器、寄宿著「棘」之星靈的純血種。在日前的帝國軍襲擊事件之中，與使徒聖第三席「驟降風暴」的冥展開死鬥。
「消滅你們。
從我的眼前消失吧。」

男子瞥了一眼急奔而至的私人部隊。
過去曾對女王涅比利斯七世
展露獠牙的他，背對著烈火如此宣告：
「跪下。若是在此垂低脖頸，我尚且能饒你們一命。」
薩林哲
Salinger
超越的魔人。過去引發女王暗殺未遂事件而被關進奧瑞剛監獄塔中的最強魔人。目前是逃獄之身。

這是妳與我的最後戰場，
或是開創世界的聖戰 8

the War ends the world /
raises the world

So Se ris, Ec wision nes ria feo.
你究竟是為誰綻放光芒？

Is elmei flow recrey noi bie milve, ende E yum tool bie synnel.
鏡子反射著這世上所有的光，而你應該也看得到其中映照的景色吧。

nevaliss, Shie-la So hec kfen. Ris sia sophia, Ec dio nes coda.
然而，切莫在所行之路上誤入歧途。

Kadokawa Fantastic Novels

機械運作的理想鄉

「天帝國」

伊思卡

Iska

隸屬於帝國軍人類防衛機構第三師第九〇七部隊。過去曾以最年少之姿晉升至帝國最強戰力「使徒聖」，卻因為協助魔女越獄而被剝奪資格。擁有能阻絕星靈術的黑鋼星劍，以及能將最後斬過的星靈術重現一次的白鋼星劍。是為了和平而戰的直率少年劍士。

米司蜜絲・克拉斯

Mismis Klass

第九〇七部隊的隊長。雖然長著一張娃娃臉，怎麼看都是個小女生，但其實是個不折不扣的成年女子。儘管個性憨傻，但責任感強烈，深受部下們的信任。由於摔落至星脈噴泉，因而化為魔女。

陣・修勒岡

Jhin Syulargun

第九〇七部隊的狙擊手，有著出神入化的狙擊技術。由於和伊思卡拜同一位人物為師，因此結交已久。雖說個性冷酷，而且嘴上不饒人，但也有為同伴著想的熾熱之心。

音音・艾卡斯托涅

Nene Alkastone

第九〇七部隊的機工負責人。是一名開發兵器的天才，能將從超高空拋射穿甲彈的衛星兵器操控自如。她將伊思卡視為兄長般仰慕，是一名純真可愛的少女。

璃灑・英・恩派亞

Risya In Empire

使徒聖第五席，俗稱「全能天才」。是戴著黑框眼鏡、身穿套裝的美麗女子。與米司蜜絲同期入隊，對她相當中意。

無名

Nameless

使徒聖第八席。從頭到腳都被光學迷彩緊身衣徹底包覆，以電子發聲器說話的男子。刺客部隊出身，以卓絕的體能自豪。

魔女們的樂園

「涅比利斯皇廳」

愛麗絲莉潔・露・涅比利斯九世

Aliceliese Lou Nebulis IX

涅比利斯皇廳的第二公主，亦是下一任女王的有力人選。她是能操控寒冰的最強星靈使，以「冰禍魔女」之名令帝國聞風喪膽。厭惡皇廳內部爾虞我詐的她，在戰場上遇見了敵國劍士伊思卡，與之光明磊落的一戰，打動了她的芳心。

燐・碧士波茲

Rin Vispose

愛麗絲的隨從，能駕馭土之星靈。女傭服底下藏滿暗器，在刺殺方面也擁有極高的造詣。雖然總是擺著一張撲克臉，難以看出內心的想法，卻對胸部的大小相當自卑。

希絲蓓爾・露・涅比利斯九世

Sisbell Lou Nebulis IX

涅比利斯皇廳的第三公主，也是愛麗絲莉潔的妹妹。她寄宿著能以影音形式重播過去現象的「燈」之星靈。過去曾被帝國關入大牢，並受到伊思卡救助。

假面卿昂

On

與露家相爭下任女王寶座的佐亞家一分子。居心叵測的謀略家。

琪辛・佐亞・涅比利斯九世

Kissing Zoa Nebulis

被稱為佐亞家祕密武器的強大星靈使。寄宿著「棘」之星靈。

薩林哲

Salinger

曾暗殺女王未果，因而鋃鐺入獄的最強魔人。目前是逃獄之身。

伊莉蒂雅・露・涅比利斯九世

Elletear Lou Nebulis IX

涅比利斯皇廳的第一公主。將精力耗費在遊歷外地上，鮮少滯留在王宮之中。

the War ends the world / raises the world

CONTENTS

Prologue　「只願能自詡人類」

在不隸屬於帝國和涅比利斯皇廳的某地——

這個世界相當廣闊。

即使帝國和皇廳是世上最大的兩個國家，其國土的合計面積也還不及世界的一半。

這個世界有著數量逾百的國家，以及零星座落在各處的中立都市。由於有這些第三勢力居中協調，兩大國家才能免於進入全面開戰的局勢。

……原本應當如此。

═══

「呼。這麼大清早的，風兒還是很刺骨呢。」

拂曉時分的酪農地帶——

在出了涅比利斯皇廳國境後的丘陵處，伊莉蒂雅正佇立在深綠色的草原上。

「在這裡等運輸機降落。大約一小時後將會合，之後便會返回帝國。」

「我明白了。」

伊莉蒂雅・露・涅比利斯九世。

這位向帝國士兵們點頭回應的「魔女」相當美麗。

她帶有惹人憐愛且英氣並存的容貌，細長的眼角泛著笑意，像是在誘惑看向她的每一人。

帶有金色的翡翠色大波浪捲髮沐浴在陽光之下顯得熠熠生輝。

而那對豐滿成熟的雙丘更是遠超乎二十歲女子應有的尺寸，彷彿隨時都會從她的王袍（禮服）襟口滑落而出。

就連美之女神都不禁羨慕的絕世美貌——

「在運輸機抵達之前，切勿做出可疑之舉。」

「這是當然。我可是被帝國抓走的俘虜，自然明白自己的立場。」

與其嘴上說的內容相反——

卻是對帝國軍的隊長拋了個媚眼。那純真無邪的模樣，就像是殷切期盼著眼前的狀況。

「真是個不錯的早晨。皇廳想必也拉開了從根底遭到顛覆的序幕吧。」

伊莉蒂雅輕輕按著自己豐滿的胸部。

那裡有一道微微泛紅的傷口。

足以擄獲全天下男人眼神的那對美麗乳房上，有一道顯眼的傷痕。

「爲了幫女王擋駕，第一公主伊莉蒂雅被使徒聖（約海姆）的長劍撕裂了身子。」

——那一劍造成了致命傷。

目擊到那一瞬間的女王（母親）和妹妹愛麗絲莉潔想必都會這麼認為吧。就在她們目睹使徒聖的那一劍從肩膀劈至胸口，使她噴出的鮮血染紅了女王謁見廳的瞬間。

「……那可真疼呀。想不到他下手居然如此狠心。」

她憐愛地以指尖輕撫那道傷口。

那道傷口已經幾乎痊癒了。

胸部的傷口是自己仍為人類的證明。與此同時，這足以用異常兩字來形容的自癒能力，也是自己逐漸擺脫人類之身的證據。

「……現在的我，應該是恰巧位於兩者之間吧。」

她幽幽地自嘲道。

而在一旁觀察著伊莉蒂雅這位第一公主一舉一動的人，是十餘名的帝國士兵。

史上頭一次。

帝國軍成功抓住了涅比利斯的直系子孫——俗稱「純血種」的存在，並將於一個小時後透過運輸機帶往帝國。

然而這些帝國士兵眼裡卻帶著濃濃的困惑。

——這麼美麗的女人居然是魔女？

帝國所宣揚的魔女形象，乃是醜惡而殘虐的存在。

但眼前的這名女子——

不僅散發著優雅且嬌媚的氛圍，還有著足以令人心生敬畏的品格。對於這名與魔女的邪惡印象背道而馳的存在，帝國士兵們皆難以掩飾內心的驚愕。

「不好意思，那位男士。」

「……唔！」

伊莉蒂雅搭話的男性帝國士兵像是有些害怕似的睜大雙眼。

「有、有什麼事！」

「我有一事相求。」

見士兵將手探向槍枝，伊莉蒂雅微微地露出苦笑。

她像是在傾訴似的抬眼說道：

「能給我一點水嗎？正如您所見，我的身子發燙，出了不少汗。」

她彎下身體，露出自己鎖骨以下的部位。

只見她的胸口滲著一層汗水，而大顆的汗水更像是被深邃的乳溝吸引似的滑落而下，形成一幅美豔的光景。

「吶，能請您通融一下嗎？」

「……不在乎是帝國用品的話，就拿去喝吧。我們沒有皇廳的水。」

「這是當然。畢竟我接下來可是得受到帝國關照呢。」

她接過寶特瓶裝的水。

就在伊莉蒂雅扭開瓶蓋正要喝水的時候，她另一隻手所握著的通訊器響了起來。

『嗨，小伊莉蒂雅。太好了，妳的通訊器沒被沒收呢。』

「哎呀，塔里斯曼卿，您早啊。」

明明遭到帝國士兵團團包圍——

也知道這段對話會受到通訊部隊攔截，伊莉蒂雅仍然堂而皇之地說出對方的名字。

『我想說妳應該差不多離開國境了。』

「您打來的時機正巧，我也正好奇皇廳的現況呢。」

『正如先前的預料，現在是一片混亂喔。』

休朵拉家當家塔里斯曼。

他既是策劃女王暗殺計畫的主謀，也是昨晚接應帝國軍入侵的內應。

『再過一個小時王宮就會對國民召開記者會，說明昨晚遭到帝國軍襲擊，以及我們皇廳（國家）遭受到前所未有的損害等消息。』

「皇廳想必會陷入一陣天翻地覆吧。」

純血種落入了帝國軍之手。

伊莉蒂雅雖然也是其中一人，但這是她自願的選擇。

一切都是為了顛覆自己的祖國。

『目前都照著小伊莉蒂雅的計畫發展喔。』

「這樣呀……那真是太好了。」

她將寶特瓶遞到嘴邊。

然而就在這段期間，美麗魔女（伊莉蒂雅）的異狀仍未消退。她的臉色鐵青，額頭滲出大量汗水，抓著通訊器的那隻手也是顫抖不已。

「……呼。」

『哎呀？總覺得妳這一聲嘆得有氣無力呢。』

「我捱了不少葛羅烏利卿的『罪』……即使**那種姿態**承受得住，現在的我可是已經變回了人類之身。」

她口中提及的葛羅烏利，是佐亞家當家的名字。

他是寄宿了強大罪之星靈的純血種，還隱約察覺到了休朵拉家的陰謀。

「我對葛羅烏利卿下了安眠藥，讓他昏過去了。為了不讓他在搬往帝國的途中醒來，我下了尋常四倍的劑量，所以他這幾天應該都無法動彈……不過，對他發起偷襲是正確的呢。要是堂堂正正地與之交手，我說不定會敗在他的手底下呢。」

『拜此之賜，我們少了個頭痛的對手。真是美妙的力量啊。』

「因為我是邪惡的魔女呀。」

第一公主任由汗水自額頭垂落，站在原地閉上雙眼。

「要是看到我的**那種姿態**，塔里斯曼卿肯定也會對我感到幻滅吧。」

『哦？但那是妳自願的選擇不是嗎？』

「是呀。畢竟我沒有強大到能自行選擇手段……」

身為最為弱小的純血種。

伊莉蒂雅．露．涅比利斯九世在出生時就背負了無法成為女王的宿命。這是因為寄宿在自己身上的「聲」之星靈全無價值的關係。

正因如此——

伊莉蒂雅和皇廳分道揚鑣——為了從根本顛覆僅推崇宿有強力星靈之人的「魔女樂園」。

『啊，對了。小希絲蓓爾順利地落入我們手裡了。我向妳保證會善待她，只是在搬運到那個地方的過程中會讓她稍微睡一下。』

「就交給您處理了。」

她使勁握緊手中的通訊器。

「……噢，對了、對了，塔里斯曼卿。您可還會在王宮待上一段時間？」

『我是有這個打算，怎麼了？』

「…………」

在隔了一次呼吸的間隔後，伊莉蒂雅小聲說：

「請為我向女王傳個話。最近夜風寒涼，請她記得保暖身子。」

『妳這不是表現得還像個人類嗎？』

通訊器彼端的塔里斯曼苦笑道。

『在女兒（人類）和非人（魔女）之間搖擺不定的情緒，還真是讓人感傷啊。』

「我今後再也不會和家人見面了，在離別之際顯露少許感傷，應該也不為過吧？」

通話就此結束。

伊莉蒂雅感受著帝國士兵們投來的視線，再次睜開眼睛。她將手上的通訊器交到士兵手裡，這回總算將瓶裝水送到嘴邊。

僅僅喝上一口。

這補給少許水分的動作，就讓伊莉蒂雅湧上了難以言喻的強烈嘔吐感，而她則是咬緊了牙根強忍下來。

肉體拒絕了攝取水分的行為。

——**不需要水也活得下去**。

她已經逐漸轉變成那樣的生物了。

「是這樣沒錯呢……哎，差不多該適應了呢。」

她按著自己滲著汗水的胸口。

伊莉蒂雅緩緩地做著深呼吸。總有一天，自己會變得連這樣的呼吸動作都不需要吧。

「只願保有人類之心；甘願化為魔女之身。」

第一公主低聲嘆道。

那美麗而帶著銳利的冷笑，令看著她側臉的帝國士兵感到毛骨悚然。

「好久沒和八大使徒的各位碰面了。看到現在的我，他們想必相當吃驚吧。真是期待他們的反應呢。」

Chapter.1　「狩獵魔女之夜落幕——翌晨」

1

深沉的夜晚迎來了黎明。

那是宛若永恆一般的漫長夜晚。他們吞著口水注視著手錶上遊走的秒針，在寒風之中顫抖著身子——

伊思卡一行人跨過了狩獵魔女之夜。

魔女樂園「涅比利斯皇廳」中央州——

在距離市中心略遠的森林之中。

「和預期的一樣，騷動的規模大得誇張。王宮周遭被各路媒體堵得水泄不通，全副武裝的警備隊則是疲於奔命。但我們原本就沒打算往那邊走就是了。」

銀髮狙擊手——陣掐緊手中的報紙。

這是新聞媒體在車站發放的快報，上頭記載的消息全部和第九〇七部隊（伊思卡一行人）預期的相同。

一、帝國軍昨夜對王宮發起了襲擊。

二、與使徒聖交手的涅比利斯女王身受重傷，目前正在進行手術。

三、有多名王室成員行蹤不明，疑似被擄回帝國。

每一項都是前所未聞的大消息。

無論是帝國軍入侵涅比利斯王宮，還是身為始祖後裔的純血種淪為帝國俘虜皆然。

「雖然早有預期，但還真是把所有的過錯都堆到了帝國軍頭上啊……」

伊思卡手裡拿著和陣相同的報紙，以沉重的口吻說道。

襲擊王宮一事確實如媒體所言，是由帝國軍發起的行動；然而伊思卡一行人知道一項沒記載在報導上的真相。

「涅比利斯皇廳軍事政變的『幕後黑手有兩人』。一個是伊莉蒂雅，而另一個就是與帝國軍裡應外合的你。」

帝國軍的襲擊事件，是涅比利斯皇廳的其中一支王室血脈「太陽（休朵拉）」在背後煽風點火所致。

休朵拉家的女王暗殺計畫——

和意圖侵略皇廳的帝國有著相同的目標。

……對第九〇七部隊（我們）來說，帝國軍這場襲擊應當是一個好消息。

……畢竟皇廳是我國的敵人，而我們在這次的行動成功給予敵國打擊。

然而，對此時的他們來說事情並非如此。

第九〇七部隊接下了護衛希絲蓓爾公主的任務。

就連希絲蓓爾遭到太陽家當家塔里斯曼擄走一事，也被皇廳民眾認為出自帝國軍之手。

簡單來說，他們蒙受了不白之冤。

沒有一個皇廳國民注意到覬覦涅比利斯女王性命的，其實就是「太陽」這支王室血脈。

「阿伊。」

從樹蔭探看森林外側的米司蜜絲隊長回頭說：

「她確實承諾過，一旦查到了希絲蓓爾小姐的所在之處，就會立刻通知我們對吧？」

「是的。我們現在也只能相信她了。」

擄走希絲蓓爾的並非帝國，而是同為王室的休朵拉家。

伊思卡一行人知曉此事。然後——

「到頭來，你……說的都是對的呢。是本小姐被耍得團團轉呢……」

「本小姐要去追查休朵拉家，那邊說不定還留有證據。」

第二公主愛麗絲莉潔。

昨晚驚天動魄地和伊思卡展開第二次死戰的愛麗絲，如今應當正在追查太陽的行蹤，藉此尋找妹妹(希絲蓓爾)的下落。

「音音小妹，妳那邊的狀況如何？」

「嗯……雖說天亮之後人行道上就開始湧出人潮，但休朵拉家的私人部隊應該也混在裡面吧。就音音我的猜測，他們應該是在等待我們自投羅網。」

音音待在米司蜜絲隊長的身旁，手上緊握著雙筒望遠鏡。

他們現在不能隨便走出森林。就連看似寧靜的田園地帶，肯定也埋伏著太陽家的刺客。

「伊思卡哥，音音我們還是按兵不動嗎？」

「暫時是。不過，我們也不能在這種荒郊野外待上太多天，還是找個地方藏身比較好……我想聽聽妳們的意見。」

朝著伊思卡詢問的方向看去，有五名一語不發的少女站在那裡。

她們是在露家別墅工作的隨從們。

五名少女分別是尤米莉夏、艾雪、諾葉兒、西詩提爾與娜彌——這些受到休朵拉刺客追捕的少女，都專心致志地盯著報紙。

她們的臉上都顯露著壓抑不住的怒火。

「……這篇新聞的標題。」

最年長的隨從尤米莉夏以無法壓抑的顫抖嗓音開口說。

她將手中的薄紙揉成了一團。

「居然寫什麼『女王將要交出政權？』……開玩笑也該有個限度。那些人可是強搶希絲蓓爾大人的幕後主使啊！」

所謂的新聞媒體徒有其名。

就連這張傳單也是休朵拉家出資的媒體公司所印製的產物。

——顛覆國家。

放任帝國軍入侵的女王應當引咎下臺，並儘快召開決定下任女王人選的女王聖別大典。

就連這些新聞報導都能看出塔里斯曼顯現的野心。

「要怎麼生氣是妳們的自由啦。」

耐不住性子的陣催促道：

「這皇廳的政權不管變得如何，都和我們沒有關係。儘管如此，我們還是會依約救回妳們的主子（希絲蓓爾）。在這樣的前提下，有哪裡是能讓我們藏身的嗎？」

「……我們應該回露家的別墅一趟。」

尤米莉夏代表五名隨從出言回應。

「正如各位所說，就算潛伏在這座森林之中，我們也會面臨物資缺乏的問題——無論是食物還是水。況且說來慚愧，我們其實也相當疲憊不堪了……」

「我可不想靠近那座別墅啊。」

陣搖頭說道：

「那個魔女（碧索沃茲）的星靈術不是才剛把整座城堡給破壞殆盡嗎？腹地外側還聚集了一堆好事之徒，而休朵拉很可能將私人部隊安插在那些群眾之中。一旦我們在該處現身，八成就會被當成帝國軍的餘孽拘捕起來。」

「我建議的地點並非別墅，而是位於別墅後側的祕密藏身處（避難所）。」

尤米莉夏的話聲之中沒有任何猶豫。

「別墅後側有一片廣闊的樹林，理所當然也是露家的私人土地。森林之中藏有堆積了物資的儲藏庫，倘若是那邊的物資，足以讓我們安全地度過好幾天。」

「……這樣好嗎？」

負責率領帝國部隊（伊思卡一行人）的米司蜜絲隊長如此代陣開口詢問。

「那邊該不會是……」

「正如您的推測，那邊是在與帝國全面開戰時，作為避難所之用的設施。我們五人已經達成共識，由於現在需要諸位的協助，因此將各位帶往該處也是不得不為之舉。」

尤米莉夏轉過身子。

待在她身後的四名隨從似乎在等待這一刻似的，很有默契地站起身子。

「請和我們約定，要將營救希絲蓓爾大人視為第一要務。若是違背這項約定——」

「就取走我的性命吧。」

隨從們銳利的視線彷彿散發著清晰可見的殺氣。

伊思卡全身承受著這些視線，毫不猶豫地宣告：

「若沒有這般覺悟，我們就不會滯留在皇廳（這裡）；而是會趁著昨晚的混亂與帝國軍會合，一同撤離此地。」

「…………」

「對吧？」

「原來如此，你這麼說確實符合邏輯。留在這裡和我們待在一起，的確能彰顯出營救希絲蓓爾大人的強烈意志。」

尤米莉夏微微苦笑一聲。

「我這就帶路前往祕密藏身處，請各位跟我來。」

2

涅比利斯王宮——

皇廳的權力全數聚集在此地，通稱「星之要塞」。

據說此地是透過古老的星靈術，讓無數星靈聚集於此化為結晶。若是尋常火焰，甚至沒辦法讓外牆沾上一絲煤灰，而就算遭到砲彈所傷，也只須花上一個晚上便會自行修復完畢。

無法攻破的城堡。

這便是這座王宮這一百年來引以為傲的絕對信任。

——但這百年來的信任卻毀於一旦。

「總算告一段落了……」

女王謁見廳。

這裡是由五光十色的彩繪玻璃、葡萄酒色的地毯和莊嚴的石柱所構成的神聖空間。

不對，在這曾是神聖空間的場所裡，愛麗絲嘆了口氣。

殘破得令人不忍卒睹的女王謁見廳沐浴在朝陽之中。

地毯破成碎片，二樓的彩繪玻璃碎裂得看不出原形，巨大的石柱則是被人從中一分為二。

——女王曾在這裡與使徒聖第一席約海姆一戰。

而眼前所見，便是那場打鬥所留下的鮮明痕跡。

然後——

「…………」

愛麗絲將目光從殘留在地板上的紅黑色血跡上移開。

那是女王和姊姊伊莉蒂雅所流下的血。

這就是所謂的戰爭。這世上不存在著不流血的戰鬥。明知事實如此，她仍不想注視。

「愛麗絲公主！腹地內的滅火作業已經全數完成了！」

其中一名親衛隊猛喘著氣跑進女王謁見廳報告。

「雖然煙霧尚存，但已無延燒之勢。如今，腹地內仍持續進行著救助活動和搜敵行動。」

「謝謝你前來回報。要是還有使徒聖潛伏的話就危險了，搜敵時請找上王宮守護星隨行。」

「遵命！」

親衛隊行了一禮後離去。

目送他離去的有愛麗絲、燐，以及幾名親衛隊。

「燐，妳怎麼看？」

「小的認為，帝國軍已經撤離的機率很高。」

臉頰上還沾著煤灰的燐，透過二樓已然碎裂的玻璃窗眺望著外頭的腹地。

「已有數名王室成員在昨晚失去下落。雖然非常遺憾，小的認為我們應當視為他們已落入帝國軍手中才是。」

「……對帝國來說，這一仗想必戰果豐碩吧。」

「是的。只要成功抓捕到純血種，他們就沒有滯留敵境（此地）的理由。當然，如果對方打算反向利用我們的這般思維，那就得另尋對策了。」

「……說得也是呢。」

愛麗絲咬緊牙根。

僅僅一晚。

僅僅過了幾個小時，涅比利斯皇廳就打破了迄今為止的折損紀錄。光是愛麗絲此時掌握到的王室「犧牲者」就至少有四人。

徹底靜養一名。

——女王米拉蓓爾・露・涅比利斯八世（正在進行左手臂縫合手術）。

失蹤者三名。

——露家第一公主伊莉蒂雅・露・涅比利斯九世（遭帝國軍綁架）。

——露家第三公主希絲蓓爾・露・涅比利斯九世（於露家別墅遭帝國軍綁架）。

——佐亞家當家葛羅烏利（完全成謎，徵求目擊證詞）。

這已經不是損失慘重四個字所能形容的狀況。

重要人才的折損程度，已經足以撼動國家的根基。在現今始祖後裔——純血種落入帝國手裡後，就更難預測他們的下一步了。

……不過，這樣的狀況還藏有隱情。

……王宮裡知曉此事的，就只有本小姐和燐而已。

背後有人穿針引線。

對愛麗絲來說，王宮裡存在著和帝國同樣令人憎恨的背叛者。那真正的邪惡分子背叛了女王，還拐走了自己的妹妹希絲蓓爾。

「此次的帝國軍侵略事件，並非完全出自帝國軍的陰謀。」

「軍事政變的幕後黑手是休朵拉家。塔里斯曼當家冒充帝國士兵襲擊宅邸，將宅邸破壞殆盡。」

任誰都會認定抓走希絲蓓爾的是帝國軍吧。

……就連本小姐都被澈底蒙蔽了。

……要是伊思卡沒點醒本小姐，我就會將那股怒火全部發洩在帝國身上了。

昨天晚上愛麗絲和帝國劍士伊思卡上演了第二次的死鬥。

那是毫不留情、火力全開的全力拚殺。

即使那與自己（愛麗絲）所期盼的聖戰相去甚遠，自己也已然失去了停戰的念頭——

「……我們停手吧。」

「我不想和被憤怒沖昏頭的愛麗絲交手。現在並不是我和愛麗絲開戰的時候。」

「…………」

「愛麗絲大人？愛麗絲大人，您沒事吧？」

「我、我沒事。」

經其中一名親衛隊搭話後，愛麗絲這才倏然回神。

回顧昨晚那件事所花費的「一瞬」時間，似乎比自己所預估的還要長上許多。

「請恕小的直言，您似乎有些疲憊……」

「不，本小姐沒事。抱歉，我只是在想些事情。」

她擠出笑容含糊帶過。

實際上，她確實累積了不少疲勞。即使身處戰場，她也很少像昨天那樣得整晚保持全力備戰的狀態四處奔波。

由於代替女王接著指揮全局，愛麗絲現在也已經是疲憊不堪的狀態。

「……也是呢，可以幫我倒杯水過來嗎？一直在發號施令，本小姐的喉嚨都喊啞了呢。」

「小的這就去。」

「順便幫本小姐帶些葡萄糖錠和咖啡因錠。」

她打算靠糖分和興奮劑的效力維持清醒，將疲憊感一掃而空。

現在還不是休息的時候。

……首先要確認王宮的安全，再來還得準備向國民說明的講稿。

……與此同時，還得暗中籌備營救希絲蓓爾的手段。

她咬緊牙根。

於女王身負重傷的此刻，露家還能採取行動的就只剩她一個人而已。

「小愛麗絲在嗎？」

喀！

隨著乾澀的腳步聲響起，一名黑衣男子走進了女王謁見廳。以金屬面具隱藏面容的他，也是王室的成員之一。

「假面卿？您這身模樣是……」

他是王家血脈之一——「月亮(佐亞)」家的參謀。

而他的衣服多處遭到撕裂，還看得到滲血的肌膚，這讓愛麗絲懷疑起自己的眼睛。

他和帝國軍交手了？

但他身上的傷勢並非由子彈所致，而像是被銳利的長劍劃傷；但若是如此，那他身上應該會有更為嚴重的傷口才是。

他到底是被什麼東西打傷的？

「沒事，我只是跳了支舞，而那位舞伴是有些火爆的淑女罷了。」

「……是使徒聖嗎？」

「天曉得。我倆都沒有依循禮節自報名號。我雖然搭訕了幾句，卻被對方鄭重地拒絕了，因此現在應該已經不在城裡了吧。」

假面卿一本正經地回答。

「我有第一手消息要稟報**代理女王閣下**。月之塔的搜查已暫時告一段落，沒有見到帝國軍的蹤影，接下來要繼續搜索有無針孔攝影機一類的裝置。」

「您平安無事真是太好了。」

愛麗絲並不是嘴上答腔，而是發自真心。儘管在檯面下經常針鋒相對，但他們仍是一家人，犧牲自然是愈少愈好。

「平安無事？這就是妳我的見解不同了。」

假面卿咄咄逼人的回應，踐踏了愛麗絲的一片好意。

他以愛麗絲、燐和在場的親衛隊都為之訝異的高分貝音量說道：

「我們的王宮受到了帝國軍的進犯，美麗的庭園遭到烈焰焚燒，多數的同胞為此流血，無數王室成員下落不明——其中也包含了我等的當家葛羅烏利。」

假面卿張開雙臂。

像是在呼籲那些側耳傾聽的親衛隊似的。

「更重要的是，這起事件帶給民眾們極其嚴重的不安與憤怒。由此觀之，何來『平安無事』之說？」

「…………」

「佐亞家已經諫言了無數次，認為我國應當立即進攻帝國。而現任女王一再拒絕，結果便是得扛起這次讓帝國占得先機之責。」

讓女王交出政權——

即使不多加詢問，也能聽出這名男子的弦外之音。

「儘管如此——」

一聲嘆息從面具底下流洩而出。

「現在並不是談及此事的時候。就算是以佐亞家的立場而言，我們也必須以追尋當家下落為第一要務。**畢竟其中有著令人費解的環節。**」

「……我很清楚那位大人是一名歷久彌堅的星靈使。」

第二世代「罪」之星靈的持有者——

佐亞家當家葛羅烏利所立下的汗馬功勞，在場眾人想必是無一不知。

……本小姐不認為他會被帝國軍俘虜。

……就算是使徒聖出馬，我也不認為他們有能耐輕鬆拿下那一位（葛羅烏利）。

所以佐亞家也是陷入了五里霧中。

現在並不是向女王和愛麗絲挑起對立的時候。佐亞家想必是判斷，在少了當家的狀況下與露家為敵會是一步險棋吧。

「話說回來——唔！」

假面卿話說到一半，稍稍扭曲起臉龐。

又一人走進女王謁見廳。

將一身白西裝穿得筆挺的壯漢，踩著幽雅的步伐現身於眾人眼前。

「愛麗絲大人。」

「沒事，燐。我明白的。現在是按兵不動的時候吧？」

她握緊拳頭，抑止住怒氣。

在愛麗絲正要平復內心思緒的時候，休朵拉家現身了。

「妳沒事真是太好了呢，小愛麗絲。我也得向諸位親衛隊員的協心努力表達感謝。」

當家塔里斯曼朗聲說道。

他那張輪廓深邃的端正面容表現得一派瀟灑。而不只是愛麗絲而已，他甚至不忘關切在場的親衛隊員。

……這是何等的膽大包天。

……他明明才是擄走我妹妹、暗中勾結帝國軍的首謀呀。

除了憤怒之外，愛麗絲的心底還湧現一絲懼意。

他一點破綻也沒有。明明是企圖顛覆國家的主謀，卻從未展露些許鋒芒；而是以王室當家的身分表現出合宜的舉止。

究竟得歷經多少洗禮，才能表現得如此坦蕩？

「小愛麗絲。」

這位當家筆直地朝著自己凝視而來。

「我能體諒妳的悲痛。聽說小伊莉蒂雅和小希絲蓓爾都失蹤了對吧？」

「唔！」

「兩位都是王室重要的同伴，我必會傾力相助。」

「……好的。謝謝您的協助。」

他到底有什麼臉說這些話！

要不是身旁的燐穩住自己的心神，愛麗絲說不定就要當場發難了。

——現在得先忍下來。

就檯面上來說，目前還不存在足以舉發他計畫的證據。就算在這時揭發他的罪行，會被部下投以懷疑目光的也還是自己。

這時——

「塔里斯曼卿平安無事真是教人安心。話說回來，我有事相問。」

對於緊咬下唇按捺思緒的愛麗絲來說，假面卿的話語就像是僅此一回的天降好運。

「我雖然尚未掌握所有細節，據說在這次的襲擊過程中，**就只有太陽之塔**沒受到帝國軍的槍擊啊？」

「是啊。敵軍將火力集中在女王宮。我若是能早些察覺對方的目的，我們就能分派出更多的人力支援了。真是失算啊。」

「…………」

場面沉寂了一陣子。

假面卿和塔里斯曼——同樣身材高挑的兩名男子僅僅是相互對視，就激盪出一觸即發的緊張氛圍。

「還有另外一件事。我們的當家葛羅烏利自昨晚起便下落不明，您是否掌握到什麼關於他行蹤的蛛絲馬跡？」

「沒有。不過太陽家也會派出搜索隊進行搜查。一旦有什麼進展，我們會隨時通知。」

「感謝您。那我就先失陪了。」

假面卿先一步抽身離去。

雖說出乎意料，但這場互動卻帶給愛麗絲不小的收穫。

……他憑直覺察覺到了嗎？

……經帝國軍襲擊一役，佐亞家也懷疑起休朵拉家是否與此有所關聯。

只不過由於手上沒有證據，佐亞家也沒有正式出手。

他們的立場和愛麗絲相同。若要說有不同之處，那就是愛麗絲早已有了把握，而佐亞家還處於懷疑的階段吧。

「那麼，小愛麗絲，雖說接下來想必困難重重，但就讓我們攜手共度難關吧。」

「……好的。」

塔里斯曼當家走出女王謁見廳。

他那問心無愧的步伐，讓人看了就燃起心頭大火。

「愛麗絲公主，女王大人恢復意識了！」

醫療部隊裡身穿白袍的其中一名護理師，於此時衝進了女王謁見廳。

「手臂的手術已經結束了。雖說麻醉尚未消退，但若是進行簡單的對話，應當不至於構成阻礙才是。」

「謝謝。本小姐這就過去。」

愛麗絲和燐互看一眼，彼此點了點頭。

「燐，妳就……」

「一如您先前的安排。」

燐向愛麗絲行一禮，接著掠過她的身側。

——前往露家別墅。

伊思卡曾說過，在太陽家刺客的襲擊下，該處已經呈現半毀的狀態。而之所以派燐走上一趟，便是為了親眼確認狀況。

……拜託妳了，燐。

……絕對不能被太陽家和月亮家察覺妳的行蹤。

「愛麗絲大人，請移駕至女王大人的寢室。」

「本小姐這就去。」

涅比利斯皇廳星之塔——

露家當家的個人居所「星塵摩天樓」——這是自涅比利斯皇廳一世以來，便傳給露家代代當家的私人住處。

在大廳之中。

女王米拉蓓爾．露．涅比利斯八世正展露超乎愛麗絲預期的剛強身姿眺望著窗外的景象。

在連夜做完手臂的縫合手術後，女王的左臂目前正被繃帶所包覆著。

「母親大人……」

「我真沒用。事已至此，我甚至連藉口都無力尋找了。」

開頭第一句話就帶著濃濃的嘆息。

「我自認已付出了極大的努力做好女王應盡的責任……但我究竟是從什麼時候開始，變得如此脆弱不堪的呢？」

她以右手護著左手臂。

回望女兒（愛麗絲）的女王側臉上，可以窺見略微紅腫的眼瞼。

……母親大人她哭了？

……還是長時間麻醉帶來的後遺症？

女王應該已經知曉昨晚事件的來龍去脈了吧。

其中包含了長女（伊莉蒂雅）遭使徒聖擄走；露家別墅遭受帝國軍襲擊，殃及待在該處的三女（希絲蓓爾）等消息。

「醫師長，能讓本小姐和女王獨處嗎？」

「遵命！」

醫師們離開了房間。

愛麗絲聆聽著他們走向走廊彼端的腳步聲，並且鎖上了房門。

「那麼，母親大人，女兒接下來有重要的事向您稟報。」

「……但說無妨。現在情勢嚴峻，我自然做好了聆聽壞消息的心理準備。就是妳要斥責我這個不中用的母親，我也無怨無悔。」

「這確實不是什麼好消息。」

愛麗絲直視著語帶自嘲的女王。

「不過，這說不定是能讓現況徹底翻盤的消息。」

「咦？」

「女兒會搶回妹妹。但不是從帝國軍的手裡，而是從休朵拉手中將她帶回。」

「……愛麗絲，妳說什麼！」

涅比利斯女王的話語聲湧上了力氣。

原本平靜無波的雙眼綻放光彩，凝視自己的視線也逐漸變得銳利。

「母親大人，勾結帝國軍的正是休朵拉家。」

「…………」

「襲擊我們家別墅的，也是假扮成帝國軍的休朵拉家私人部隊。別墅的五名隨從已經目擊了此事，而她們目前平安無事。」

「……愛麗絲，我真的能相信這件事嗎？」

「女兒願意賭上女王繼承權發誓。您只須召見別墅的五名隨從，就能知曉詳情了。」

愛麗絲看著沉思的女王。

接著她加重口氣繼續說道：

「另外還有間接證據。昨晚只有太陽之塔沒受到帝國軍攻擊，這已經不是能用偶然兩字可以形容，而是非常不自然的情況。而母親大人想必也已經知道，魔女（碧索沃茲）已經趁著帝國軍襲擊的當下成功逃獄了。」

「——————」

「太陽家對帝國軍的進軍時機瞭若指掌，這恐怕是籌劃多年的陰謀。」

「……看來無論是哪一方都不擇手段呢。」

過了不久，女王深深地嘆了口氣。

「我也一直認為軍事政變與休朵拉家有所關聯。雖說也是因為我樂觀以對，認為希絲蓓爾回來就能讓真相水落石出的關係，沒想到他們竟會不惜與帝國軍聯手也要阻止她揭穿此事……」

「是的。然而包含露家隨從的目擊情報在內，女兒所握有的都只是間接證據。若想搗毀太陽家的防守，我們還需要決定性的證據。」

「那關鍵就握在希絲蓓爾的手裡吧。」

女王點了點頭。

希絲蓓爾的「燈」之星靈能透過影音的形式重演過去的事件。

只要能奪回第三公主——

就能讓休朵拉家與帝國軍之間的勾當無所遁形，挽回露家的名譽，而女王的政權想必也能重歸穩定。

「愛麗絲，謝謝妳。我大致掌握整起事件的輪廓了。而最後還是得回歸到最初的結論——也就是救回希絲蓓爾呢……姑且不論勾心鬥角的盤算，身為人母我自然會盡力救助自己的女兒。」

「為此，女兒需要借助母親大人的智慧。」

她看向窗外的景色。

愛麗絲直盯著矗立的女王宮，以及遠處隱約可見的太陽之塔。

「您對妹妹(那孩子)遭到軟禁的場所可有頭緒？」

那是一片潔白。

地板、天花板和牆壁都被白色的油漆所覆蓋，沒有半點髒汙。而自己遭人安置的床鋪也是白色的。

「……幕後黑手(休朵拉)究竟打算將我關在這裡到什麼時候啊？」

嗓音在牆壁之間迴蕩。

這間窄房沒有窗戶，僅有數公尺見方的大小，宛如軍營裡的禁閉室。而房裡的希絲蓓爾正發出不曉得是第幾度的低喃。

希絲蓓爾・露・涅比利斯九世——

她惹人憐愛的面容宛如來自童話世界的女主角，鮮豔的粉金色長髮也美麗得閃閃動人。

那對偌大的雙眸，正閃爍著身為公主所具備的堅強意志。

「我是不會屈服的。和帝國監獄的寒氣相比……這裡根本不足為懼。」

這裡還有一張床。

床鋪上還鋪著乾淨的床單。光是這一點，就是帝國監獄所遠遠不及的貼心安排了。

……雖然將我關了起來。

……但還是表現得像是在遵守「不得對公主無禮」的空泛口號似的。

換句話說，這就是**用來監禁這類人士**的房間吧。

但幕後黑手到底打算拿自己怎麼辦？

「我還以為他們打算殺人滅口，但既然將我關了起來，就代表目的並非如此……？」

難道是打算在事跡敗露之際，將自己作為威嚇露家的人質？

「唔，對了！」

閃過腦海的好點子，讓希絲蓓爾驀地抬起臉龐。

沒錯。她怎麼直到現在才想到呢？

「只要用『燈』一五一十地重現我被關進此地的狀況不就得了嗎……！」

將自己搬進這裡的，究竟是休朵拉家的哪個成員？

光是知道這一點，就是有意義的收穫了。

也能推測出從這個沒有窗戶的房間逃離出去的方法。

「星星啊。」

她按住自己的胸口。

在嬌小胸部稍微上方之處有著閃爍的星紋，而星紋正迸發出光芒。

「讓我看看你的過去——唔！」

希絲蓓爾倒抽一口氣，將原本要說出口的話語懸在半空。

因為眼前顯現出一扇門。

理應空無一物的房間，此時居然從白牆的內側冒出一扇長方形的門扉。

不對。

門打從一開始就在那兒。

……是我一直沒察覺到嗎？

……難道是能妨礙認知，或是能以假亂真的迷彩類星靈術？

大概是在昏睡的期間被人動過手腳吧。雖然感到不甘，但自己確實對於遭到星靈術混淆一事一無所知。

「別耍小手段了。既然解開了星靈術，就代表有現身的打算吧？放馬過來！」

她朝著門扉用力一指。

就在放聲大吼的希絲蓓爾面前，門扉隨著「嘰」的聲響被打了開來。

3

中央州的森林地帶——

這裡有一座看起來有數十年沒被使用過的破舊倉庫——在推開生鏽的大門後，伊思卡不禁懷疑起自己的眼睛。

「……原來陳舊的外觀只是障眼法啊？」

倉庫裡頭用堅固的水泥牆做出隔間，還設置了最新型的通訊裝置。

中央處規劃了能用來開會的場地，房間角落則堆滿裝有緊急用水和乾糧的箱子。

感覺就像是在帝國軍基地也能見到的光景。

「這裡是一處還挺優秀的作戰基地嘛。就連帝國軍的會議室也不會設置這種殺氣騰騰的玩意兒啊。」

陣目光所及之處，是陳列在水泥牆邊的一排機關槍。

即使露家別墅已被破壞殆盡，這處祕密藏身處的指揮功能想必也不會受到影響。

「哇！妳看、妳看，隊長！這臺通訊器用的是第七世代的G通訊網喔！這種新式通訊系統能以幾乎同步的速度操控遠在一百公里外的汽車，就連帝國也沒在帝都以外的地方設置——」

「能請您顧及一下眼下的狀況嗎？」

「……對不起。」

被隨從們瞪視的音音畏畏縮縮地閉口不語。

「這裡是露家的祕密藏身處。由於建在森林之中，因此地面上僅有一層樓高；但是底下深達地下二層，所以算是相當寬敞。不過——」

最為年長的隨從尤米莉夏伸手指向一樓的深處。

該處有著通往地下樓層的階梯。

「雖說沒有隱瞞的必要，不過這座祕密藏身處匯聚了皇廳的機密，因此我們不想讓帝國人知曉太多，地下一樓和二樓的部分更是如此。」

「我知道了。我們不會往地下走，也不會靠近那座階梯。」

伊思卡將視線瞥向身側。

看到米司蜜絲隊長點點頭後，伊思卡也跟著點頭同意。

「這樣就可以了嗎？」

「希望各位能遵守諾言。各位應該已經察覺到了，在這座據點裡的一言一行都會被監視器記錄下來，好讓王室成員於日後能親自確認。」

天花板的角落裝設了監視器。

當然，伊思卡早在踏進祕密藏身處的瞬間就察覺到了。

「自古便有『瓜田李下』一說，還請各位切莫做出可疑之舉。」

「——而只要各位能拿出應有的尊重，我們隨從便會將各位視為客人接待。這是希絲蓓爾大人對我們下達過的命令。」

在尤米莉夏之後接話的，是從後方走來的另一名少女。

她的雙手抱著乾淨的毛巾。

「由我來為各位分配房間。此處的每一間房都設有淋浴間，各位可趁有空檔的這段期間多加利用。」

「『有空檔』是什麼意思？」

「在兩小時之內，燐大人便會抵達這處祕密藏身處。」

這麼回答的隨從少女轉過臉龐，直盯著放在後面桌上的通訊機。

「她應當會帶來營救希絲蓓爾大人的相關指示。」

「首先是盤問，再來是聯絡愛麗絲大人……」

＝＝＝

在露家私有的森林之中。

燐拖著行李箱，快步走在幾十年來沒被好好整頓過的獸徑上頭。

她換上樸素的黑色套裝離開王宮，沒有搭乘公務車，而是招了臺計程車前往郊區。而在下車後，她便徒步抵達了田園地區。

——這是為了甩掉尾隨者的目光。

不只是王宮之內，想必連露家別墅的周遭也都潛藏著塔里斯曼撒出的私人部隊吧。為了不讓他們察覺，燐只能出此下策。

「……該死的太陽家，下手可真狠毒。」

在踏入這座森林的幾分鐘前。

燐於露．艾爾茲宮的圍牆外探頭打量，並在剎時間說不出話來。

古堡被破壞得幾乎看不出原形。僅僅過了一天，昨天傍晚還莊嚴矗立在此的城堡，就這麼化為一團瓦礫。

「……是碧索沃茲的星靈術吧。」

城堡像是被巨大的砲彈打穿似的，向著內側坍塌下來。從那破壞的痕跡來看，肯定是魔女碧索沃茲的王牌——「骸之魔彈」。

看過那肆虐的痕跡後，燐登時有了十足的把握。

昨晚襲擊露．艾爾茲宮的，確實是塔里斯曼當家所率領的太陽家刺客。

……要說不幸中的大幸，大概就是宅邸裡的隨從們平安無事吧。

……但是欠那個帝國劍士一份人情，還是讓人有點不爽。

燐試圖說服自己。

現在的她確實需要前使徒聖伊思卡的力量。

「……但要拜託他果然還是讓人不爽。」

目前的第一要務是營救希絲蓓爾公主。

而這必須借助伊思卡的力量——對於愛麗絲提出的計畫，燐雖然很不情願，卻也不得不接受她的說法。

如今太陽家所勾起的怒火，已經不在襲擊王宮的帝國軍之下。

「給我記好了，太陽。這個仇我非報不可。」

就在燐自言自語之際，生鏽的倉庫已經矗立在她的面前。這是連月亮家和太陽家都不得而知的露家祕密藏身處。

「已經有整整一年沒來過這裡了呢……」

燐取出備用鑰匙，打開了金屬製的門鎖。

在推開抹上紅鏽偽裝的大門後，由水泥所打造、設置了最新科技器材的內部裝潢便展露在她眼前。

「是我。比預定的時間還要早到……嗯？」

她愣愣地眨了眨眼。

位於祕密藏身處入口一帶的會議區竟是空無一人。不只是原本在別墅工作的五名隨從，伊思卡等帝國部隊的身影也不見蹤影。

從桌上擺放著喝到一半的瓶裝水來看，他們應該還待在這座建築物的某處吧。

「嗯，八成是在靠底側的房間裡開會吧？」

她已事先通知過自己會前來一事。

因此帝國部隊肯定正在提前開會，商議該如何營救希絲蓓爾吧。

「原來如此。以一支帝國部隊來說，確實其心可嘉。」

她拖著行李箱，踏上了一樓的走廊。

走廊上並立著許多小房間，而在聽到其中一間房傳來的聲響後，燐便伸手搭上房門。

「是我。我進來了。」

「唔？這聲音是……燐嗎！」

門扉後方傳來了伊思卡的說話聲。

他們果然在這裡開會吧。

「等、等一下！妳先別進來！我現在——」

「你在說什麼啊？我要進去了。」

推開房門後，果然見到了伊思卡的身影。

然而……

他（伊思卡）的樣貌實在太過意料之外，讓燐的眼前驀地變得一片空白。

「那、那個……我才剛淋浴完……」

「——」

眼前的他一絲不掛。

他似乎所言不虛，剛剛才在浴室裡沖去了一身的汗水。

燐是個正值花樣年華的少女，看到年紀相近的男生裸體，自然不會毫無反應。

伊思卡那身久經鍛鍊的肉體，遠比穿上衣服時還來得結實許多。而夾帶著水氣與光澤貼附在額上的黑髮，也給人和平時不同的成熟印象——

「呃，才不是這樣啦啊啊啊！」

燐整張臉變得緋紅。

她直接將手裡的行李箱朝伊思卡扔了過去。

「你、你你你都讓我看了什麼呀！我、我可是……年僅十七歲的少女呀！你這暴露狂！」

「是妳擅闖別人的房間在先吧！」

「給我負起責任！」

「我不懂妳在說什麼啦！」

伊思卡慌慌張張地躲到了置物架後方。

「我們昨晚才受到休朵拉家刺客的襲擊，要是不好好清潔傷口，化膿可就麻煩了。」

「……總之快把衣服穿上。我會背對著你。」

她雖然轉過了身子，但就算再怎麼不甘願，年紀相近的男生更衣時的窸窣聲響還是會傳進耳裡，讓她感到莫名害臊。

「你繼續穿衣服沒關係，聽好了。」

她清了清嗓子。

「愛麗絲大人已經和我說過，露家別墅昨晚發生什麼事了。我是為了確認此事，才來到這裡向隨從們問話的。」

「……嗯。」

「但在詢問她們之前，我有個私人問題要問你。」

這是基於燐個人的好奇心。

與身分和立場無關。她身為一個武術家，有事想詢問這名劍士。

「你昨晚真的和愛麗絲大人交過手了？」

「…………」

背後的少年沉默了一會兒。

「是有這回事沒錯。愛麗絲那時有些太鑽牛角尖，認為這一切都是帝國軍一手策劃的，所以連我也不能原諒。」

「這代表愛麗絲大人拿出了真本事，打算將你葬送在當場對吧？」

「她真的動了殺念，完全沒有留手的意思。」

「……這樣呀。」

混雜著安心和微微苦笑的嘆息從燐的唇邊流洩而出。

「妳嘆那什麼氣啊？」

「我放心了。我知道你會老實回答，所以才這麼問。我原本很擔心愛麗絲大人會因為中意你的關係，而沒辦法痛下殺手。」

她轉過身子。

眼前的伊思卡已經穿好衣服，正聳聳肩膀說了句：「怎麼可能。」

「妳如果為此感到不安，那就只是單純的杞人憂天了。妳的主人不是那種會對敵人手軟的個性，而我也不期望這種公私不分的關係。」

「所以我才說放心了啊。而與此同時，我也冒出了完全相反的感想……」

像是在模仿伊思卡的動作似的。

燐也對著他聳了聳肩。

「真虧你對上了全力迎戰的愛麗絲大人還能倖存下來。就只有此時此刻，你那強得誇張的實力讓我感到放心。」

「……是因為要找我營救希絲蓓爾對吧？」

「當然。為了能從太陽（那些傢伙）手中奪回希絲蓓爾大人，我也不惜向你低頭拜託。」

她拾起掉在地上的行李箱。

在打開箱蓋後，只見裡頭空無一物。

「把你們的行李塞進去。我們要離開了。」

「又要換地方？我們才剛到這裡沒多久耶。」

「這座基地距離王宮實在太遠了。而距離王宮太遠，就代表要潛入太陽的據點會有諸多不便對吧？」

「啊啊，原來是這麼回事啊……」

「趕緊離開這裡，前往市中心吧。就是這樣，你們也都聽見了吧？」

房門敞開著。

只見門口聚集著聆聽兩人對話的隨從們，以及米司蜜絲隊長、音音和陣。

「快點做好動身的準備吧。我們可不曉得希絲蓓爾大人何時會有個萬一。」

Intermission　「於是世界開始轉動——兩日後」

襲擊涅比利斯皇廳的「狩獵魔女之夜」——

經過了三十六個小時之後的現在。

由使徒聖領軍的帝國軍精銳部隊暫時滯留在一座中立都市之中。

——中立都市修勒巴。

正午時分的主街道與平時一樣洋溢著吵鬧的聲響。

然而——

鎮上能看到全副武裝的警備隊拿著通訊機聯絡的光景。

「嗯？是哪邊有醉漢在鬧事嗎？我說小璃灑呀，不覺得這座中立都市的氣氛有些火爆嗎？」

「妳雖然說得事不關己，但這八成和咱們脫不了關係吧？」

「是那起襲擊的關係嗎？可是帝國和皇廳打得再凶，也和中立都市無關不是嗎？」

「噓！冥小姐，這話會被閒雜人等聽見的。」

兩名女子悠哉地走在主街道上。

其中一名是肌膚曬得黝黑的嬌小女子。她頂著一頭亂翹的頭髮，加上嘴角隱約露出的虎牙，在在給人留下野生貓科肉食動物的第一印象。

而走在她身旁的，則是戴著黑框眼睛的高挑黑髮女子。

「妳以為我們為什麼得特地在運輸機上換回便服呀？咱們都是善良的平民百姓，和帝國或是皇廳毫不相干。」

「——是要表現成這樣對吧？好啦、好啦。」

女子只穿著一件坦克背心和熱褲，打扮得十分輕便。

這名看起來像趁著假日出遊的女學生——冥，想必任誰都無法將她和帝國軍的最高階戰鬥員「使徒聖」聯想在一起吧。

「欸欸欸，小璃灑。人家的衣服好看嗎？」

「很適合妳喔。但既然都要特地變裝瞞過帝國軍的目光，咱可是很想看看妳身穿短裙或是連身裙的模樣呢。」

「才不要呢。裙子那種玩意兒不就是一條布嗎？」

「哦呵？妳是害怕裙襬隨風吹，春光隨風洩是吧？」

「因為那會勾到樹枝，也會妨礙游泳啊。」

「……我雖然不太懂妳在說什麼，但對於普通的女孩子來說，應該不會穿著裙子爬樹或是下水游泳喔。」

「咦？是這樣嗎？」

冥一臉訝異地轉過頭。

她直直地盯著身旁的同僚。

「話說回來，小璃灑。妳穿套裝還滿好看的嘛。」

「咱待在天帝大人身旁的時候，大多是穿套裝嘛。」

使徒聖第五席——璃灑穿著灰色套裝，看起來就像個辦公室女郎。

「咦？小璃灑，妳換髮型了？」

「妳現在才發現呀……咱在運輸機上一直是這個髮型呀。」

頹喪地垮著肩膀的璃灑，此時將長長的黑髮盤在了腦後。

璃灑細長而清秀的雙眸搭配這身辦公室穿搭，她看起來就像一名優秀幹練的美麗女祕書。

「在服侍天帝大人的時候，咱大都得一手扛起所有公務。咱就只有在戰鬥和待在家裡的時候才會把頭髮放下。是說冥小姐，妳難道一直都沒察覺到這件事嗎！」

「哈哈！人家哪分得出這些細節呀。」

「……算了，也無妨啦。畢竟咱也是有自覺的。」

璃灑重重地嘆了口氣。

她順勢將手掌伸向臉頰，以指尖輕輕觸碰。

「就算想靠梳妝打扮來遮掩，一旦臉上留下這麼明顯的傷，那就只是欲蓋彌彰了。哎，這點咱當然很明白。」

她的手指輕觸著貼在臉頰上的ＯＫ繃。

除此之外，璃灑戴著的眼鏡也看得出強化玻璃鏡片上留下了裂痕。

——死鬥的痕跡。

襲擊了涅比利斯王宮的兩名使徒聖都才剛與始祖的後裔們進行了一場驚心動魄的大戰。

而冥顯露在坦克背心外頭的肩膀，也看得見淺淺的紅色血痕。

「冥小姐的傷勢很快就會痊癒，還真教人羨慕呀。咱倒是很想快點回到帝國領內，畢竟這副眼鏡也得修一修才行。」

「喔，聽說那是被純血種一拳打裂的對吧？」

「但這鏡片可是硬到連子彈都能彈開呀。也是，和那種怪物交手還只留下這點小傷，已經算是很划得來的代價了。」

兩人壓低音量交談著。

璃灑和冥目前正走在中立都市的主街道上。兩人悠哉地穿梭在喧鬧的市井之中，同時冥隨興地挑了間路邊攤購買午餐。

「小璃灑，這個烤牛肉三明治很好吃喔。」

「妳不是在運輸機上吃過了嗎？」

「上一餐歸上一餐，這一餐歸這一餐。」

冥咬著麵包說道。

「那幾個男的都還在運輸機上待命吧？要是他們一起來的話，就不用拿那些難吃的軍用糧食充饑，而是可以享用這種美味的三明治了。」

「第八席（無名）正在治療手臂，第一席（約海姆）則是在監控擄獲的純血種。咱們也得儘快把事情辦完才行，畢竟上街這一趟可不是來買飯吃的——啊，那位賣東西的小弟，賣一份給咱吧。」

璃灑扔了枚硬幣過去。

隨之遞來的，是在街上大量販售的其中一份報紙。

「啊，對面也有賣呢。冥小姐，請跑去對街買一份報紙回來。」

「嚼嚼……嗯？喔，是對街的果汁對吧？」

「連報紙的報字都沒對上啊。哎呀，要是不好好準備給天帝大人的報告資料的話，可是會被臭罵一頓的喔。咱們這些士兵雖然只要顧著打打殺殺就好，但天帝大人可是很在乎世上的各種聲音呀。」

璃灑大量購入報紙和雜誌。

這便是讓運輸機降落、在中立都市稍作逗留的原因。

帝國與皇廳的戰爭——

目前全世界最戒慎恐懼的，就是兩大國家進入全面開戰的局面。這種以屠戮敵方為目的的無情戰火，說不定會殃及中立都市。

「為了預防惴惴不安的小國找到藉口加入皇廳一方，咱們可得時時留意世間的輿論走勢。」

「所以？報紙上都寫了些什麼？」

「頭版標題是『全面戰爭爆發在即？』。和預測的一樣，對涅比利斯王宮直接發起攻勢，果然還是會驚動中立都市啊。」

帝國軍成功俘虜了始祖後裔。

這是一百年來首次成功的案例，要說戰況一口氣倒向帝國軍也不為過。

「涅比利斯皇廳即將展開大規模的報復行動——單就這篇報導的反應來看，似乎有不少讀者是這麼猜測的呢。」

延續百年的「大眼瞪小眼」時代已然終結。

接下來便是全面戰爭。

帝國軍會將最新型的破壞兵器一批又一批地送往前線；涅比利斯皇廳也會派出迄今祕而不宣的純血種。

「……好啦。」

璃灑的雙手捧著購得的大量報紙，稍稍抬起臉龐說道：

「到此為止都和八大使徒所描繪的藍圖相同。恕咱直言，天帝大人呀，您再不有所行動，恐怕就來不及阻止嘍？」

＝

機械運作的理想鄉「帝國」。

魔女的樂園「涅比利斯皇廳」。

世上最大的兩國想必會爆發前所未有的大規模戰爭，並讓戰火延燒到全世界吧。

『——全世界或許會傳出這樣的聲浪吧。』

『**但實際上卻不會走到這一步**。只要始祖的後裔們還有點腦袋，就會知道現在絕對不是針鋒相對的最佳時機。』

帝國議會。

此處是「帝國」的最高決議機構；而迴蕩在會議廳裡的，是八名男女的說話聲。

他們是統御帝國議會的八名最高級幹部「八大使徒」——他們從不現身，只將模糊的臉部輪廓投映在設置於正面牆壁上的螢幕上頭。

『涅比利斯皇廳應該也掌握了純血種遭到俘虜的消息。』

『女王受傷使得政權停擺對我們也是大為有利。』

『女王不在其位，加上強大的純血種遭到俘虜，會讓皇廳的國民大為混亂。』

因此，他們不會發起全面戰爭。

畢竟身為當事國的涅比利斯皇廳，首要之務是安撫不安的國民。

『皇廳的報復肯定還要再晚上一陣子吧。』

『我們則是能趁著這段空檔研究名為純血種的珍貴樣本，讓星靈的研究有所進展。』

佐亞家當家葛羅烏利。

帝國軍獲得了名為始祖後裔的頂級研究對象。他所擁有的「罪」推測為第二世代的星靈，是極其貴重的樣本。

『回想起來，當年拿到E實驗體(伊莉蒂雅)的時候，我們可是大失所望呢。那是派不上用場的星靈，實在難以匹配始祖後裔之名。』

『然而——』

『那是我們最嚴重的失誤呢。』

帝國議會陷入了一片沉默。

很難得地——

極其罕見地，八大使徒吐露了焦躁的情緒。

『加快研究的腳步吧。』

『E實驗體和「星星（那個）」的契合度實在太高，難以預測她接下來會有何種變化。要是能像魔女碧索沃茲那樣穩定下來，就是再理想不過的結果了。』

Chapter.2 「本小姐所不曉得的他」（愛麗絲的講課時間）

1

在帝國軍發起襲擊後，如今已過了三天。

各家外派媒體聚集在涅比利斯皇廳，其數量可說是空前絕後。

這是因為即將召開記者會——受到直接襲擊的王室，終於要發布官方宣言的關係。

記者們齊聚一堂。

在他們面前走上講臺的，是宛如知名平面模特兒般將白色高級西裝穿得筆挺的壯年壯漢。

「本人是這場記者會的代表塔里斯曼，請多指教。」

『還請告訴我們王室目前的狀況為何。』

「為了守護我們的國家，王室全體成員都凝聚了向心力，今後想必也會冷靜地應對帝國軍的野蠻行徑吧。」

『中立都市和其他國家似乎都在憂慮貴國會為了報復帝國，而準備發動全面性的戰爭。』

「——還請各位放心。本人能在此斷定，我國絕不會報復，也不會發起報復性的戰爭。」休朵拉家當家塔里斯曼。

聽見他胸有成竹的回答，記者們登時都鬆了口氣。

「我們該做的，乃是手握正義之旗，向帝國提出抗議。我國涅比利斯皇廳誠摯地希望，全世界都能與我們站在同一陣線。」

『下一個問題，關於縱放帝國軍入侵一事，現任女王該擔負何種責任？』

「女王已然負傷，向她咎責未免太過殘酷。我等王室成員打算與女王同心協力，為世界和平出一份力。」

他以極為溫和敦厚的口吻強調著正義與和平。

對於他的這番回答——

「……開什麼玩笑。」

愛麗絲在個人居所的客廳裡咬牙切齒地說。

那個大逆不道之輩。

不僅勾結帝國軍襲擊王宮，還抓走了我妹妹。

「什麼正義？什麼與女王同心協力？你到底有什麼臉敢這麼說！」

她壓抑不了內心的怒火。

愛麗絲要是也出席這場轉播的記者會，說不定會在眾目睽睽之下對塔里斯曼使出拚盡全力的一擊。

……真教人火大。

……明明知道他就是背叛皇廳的幕後主使，卻不得動手。

塔里斯曼雖然展露出極具紳士風範的微笑，內心卻潛藏著凶暴的魔人本性。就現狀來說，除了搶回希絲蓓爾之外，他們沒有其他反擊手段。

「唔！」

一瞬間，近似暈眩的疲憊感竄上來，使得愛麗絲伸手撐住桌面。

自帝國軍發起襲擊後，已經過了整整三天。

從襲擊的第一晚開始，愛麗絲就從未闔眼。

她代替受傷的女王向部下們發號施令，也在妹妹遭人擄走後拚命思索著反制的對策。

「還不行……本小姐得再努力一下……」

桌上放著一只玻璃瓶。

愛麗絲倒出瓶中幾粒提神劑(咖啡因)藥錠，一口氣將之咬碎。雖說愛麗絲不喜歡殘留在舌尖上的苦味，也討厭殘留在鼻腔裡的古怪氣味——

但現在的她需要這些藥錠。

「……燐到底是怎麼了？昨天雖然收到了她在祕密藏身處和伊思卡會合的報告，但那之後的整整半天都沒再捎來訊息……」

最後一次收到通知是昨天的事了。

雖說露家別墅的五名隨從應該也和她待在一起，不過身為主君的愛麗絲還是擔心燐是否出了什麼意外。

——嗶！

就在這時，擱在沙發上的通訊機發出了來電鈴聲。

「燐！本小姐可擔心死妳了，妳那邊情況如何？」

『真是非常抱歉。露家的隨從們全都平安無事。小的打算確認過她們的健康狀況和說詞後再向愛麗絲大人回報，因此才有所延誤。』

「我明白妳的判斷，但現在局勢險峻，妳還是要記得傳個訊息給我啦……」

畢竟就連女王都成了會被人痛下殺手的狙殺目標。

燐現在也不全然處於平安無事的狀態。

「…………」

『愛麗絲大人？』

「……幸好妳沒事。要是連妳也有個萬一，本小姐可真不知道該如何是好。」

堵塞於胸口的滿滿不安此時才終於煙消雲散。

總覺得就連睡意也跟著一掃而空了。

「**他們**呢？」

愛麗絲沒將帝國部隊一詞說出口。

畢竟這段通話也可能正遭到某人竊聽。

『我們移動到都內的旅館了。一直待在祕密藏身處，難保今後的行動不會出現問題。』

「也是呢。要是讓他們在那裡待得太久，我們也是會很頭痛的。」

那是連月亮和太陽都不曉得的祕密基地。

建築物的所有樓層都在監視器的拍攝下被記錄下來，而露家的直系成員則是能自行調閱這些紀錄來確認。

……本小姐是不覺得伊思卡會做什麼奇怪的事啦。

……反而是會難以向母親大人交代呢。

光是借用祕密藏身處一事，就有向女王報告的義務。

進一步來說，愛麗絲還得徹查他們在祕密藏身處裡做了哪些事。

「啊，對了。燐，關於這個的用法——」

愛麗絲將目光投注在攜帶型的螢幕裝置上。

祕密藏身處的監視器所拍攝的影像，會自動傳輸到這臺螢幕之中。

「這之前都是由女王大人（母親大人）進行確認的，本小姐還是首次操作呢。」

『啊，這個很簡單喔。請您按下紅色的電源鍵開機，再按下藍色的方形按鈕，就能從頭開始觀看影片檔了。』

「啊，開始播了。」

螢幕上映照出祕密藏身處的正門玄關。

這是在隨從少女們的引路下，黑髮少年走進祕密藏身處的影像。當然，這名少年是愛麗絲相當熟識的人物。

「啊！伊思卡進門了！呵呵，他馬上就注意到監視器，表現出充滿戒心的模樣呢。」

『愛麗絲大人，是小的多心了嗎？總覺得您的口吻有些雀躍……』

「才沒這回事呢！本、本小姐可是正經八百地在檢查影片喔！」

她快轉影片。

「燐，要按哪個按鈕才能切換到其他鏡頭呢？」

『是三角形的按鈕。其他房間的影片也都記錄在……啊……』

燐突然打住了話語。

然後下一瞬間——

『啊！不、不可以！愛麗絲大人！請千萬不要按下那個按鍵！』

「咦？妳突然說些什麼呀？」

『那、那個……其他鏡頭拍到了一些不堪入目的東西！那絕對、絕對是**愛麗絲大人看不得的東西**——』

「嗯？妳在說些什麼呀？之所以設置監視器，不就是為了捕捉那種可疑的影像嗎？」

『小、小的不是那個意思……那、那個……我說的影像是！』

「既然妳無法直說，本小姐就只好親眼確認嘍。」

影像換了個場景。

那是位於祕密藏身處底側的一間小房間。而映照在螢幕上的身影是——

「……我才剛淋浴完……」

是剛沖完澡的伊思卡。

他正打算穿上衣服。

少年一絲不掛的溼溽肉體就這麼呈現在愛麗絲的眼前。

從骨骼的構造就與愛麗絲的身體不同。

那是結實精壯、讓人忍不住凝神注目的異性胴體。

理應熟識的少年(伊思卡)首次展露的裸體，令愛麗絲看得目不轉睛——但對於還是個純潔少女的愛麗絲來說，這樣的光景實在太過刺激。

「唔咕……」

她發出了連自己都不明所以的聲音。

純潔的愛麗絲紅著臉龐，就這麼昏了過去。

『愛麗絲大人！愛麗絲大人，請回答！請把持住意識……！真是的，所以小的不是提醒過您千萬不可以看嗎！』

2

中央州——

在距離涅比利斯王宮不遠的市中心旅館的其中一間客房裡——

「燐，我們一直待在這裡沒關係嗎？妳不是說愛麗絲會來，要我們先出去迎接嗎？」

「愛麗絲大人要靜養一個小時。」

「咦？」

「她昏過去了。她終究是個從未接受過相關教育的千金小姐，那種東西對她來說似乎太於刺激了。」

「……刺激是怎麼回事？」

聽到燐的回應，伊思卡不解地歪起了脖子。

從祕密藏身處移動至市中心的旅館。

他們理應在這裡與愛麗絲會合後召開奪回希絲蓓爾的作戰會議，但關鍵人物愛麗絲卻似乎會遲到一個小時。

「愛麗絲昏過去了？聽起來狀況好像挺嚴重的耶。」

「伊思卡，這都是你不好。都怪你露出了骯髒的東西給她看。」

「所以到底是怎樣啦！」

「還不是因為你的那個……算了，還是別說了。要是回想起來，反而是我會比較害臊。」

燐將臉撇向另一邊。

雖說隱約覺得她的臉頰泛紅，伊思卡自然不曉得理由為何。

「那該怎麼辦？大家都到隔壁房待命了，是不是該把他們叫回來啊？」

「讓他們繼續待命吧。」

燐在這間旅館訂了三間客房。

分別是帝國部隊的房間、露家隨從們的房間，以及用來開會的房間。目前除了伊思卡和燐之外，其他人都在第三間房裡等待。

「愛麗絲大人還是會來。我得先做好泡茶的準備。」

「話又說回來……」

伊思卡愣愣地望著燐忙進忙出的側臉。

她的眼皮底下有著濃濃的黑眼圈。

而她的臉色也相當蒼白，有時還會停下動作做起深呼吸，這樣的舉止顯然是——

「我說燐，妳該不會——」

「我已經三天三夜沒睡了，但這是理所當然的吧？在女王大人倒下、其千金愛麗絲大人也分身乏術的現在，我自然有輔佐她的義務。」

沒錯。這名隨從看起來已經疲憊不堪。

伊思卡在祕密藏身處的浴室沖過澡，昨晚也在這間客房裡補充了睡眠。

然而燐不同。

除了輔佐愛麗絲，她還一肩擔起所有和帝國部隊之間的交涉，沒有絲毫的休息時間。

……燐該不會是最累的那一個吧？

……別說休息了，我從昨天開始就沒看她好好吃飯過。

「我雖然沒什麼立場建議，但在愛麗絲抵達之前妳要不要先休息一下？」

「唔？」

燐露出了尖銳的眼神轉頭看來。

「真失禮。我看起來有那麼疲憊嗎？」

「妳的氣色明明就很差啊。」

「就算勉為其難地承認你是對的，但愛麗絲大人可是在不眠不休地奮戰著，身為隨從的我自然沒有休息的道理……但我確實無法否定眼皮有點沉重……」

燐這麼說到一半——

她的身子驀地向前一傾。要不是及時伸手撐住桌面，她恐怕就會直接摔倒在地了吧。

「喏，妳光是站著就很吃力了吧？」

「唔……這、這點小事不算什麼！只要喝上一杯加滿糖的咖啡，馬上就能提神醒腦了！」

「我記得妳光是昨晚就喝了七杯咖啡吧？」

「哎喲，真是的！帝國劍士，你少囉嗦！少對我指手畫腳的！」

她取出了高級的磨豆機。

不愧是王室的隨從，她似乎連咖啡都是從磨豆的步驟開始泡起。她準備將咖啡豆倒入磨豆機上的咖啡豆槽。

正當伊思卡這麼想，卻想不到——

不知為何，燐掏出來的竟是蘋果和香蕉。在看傻了眼的伊思卡面前，燐將蘋果和香蕉扔進了咖啡豆槽之中。

「……很好。」

「一點都不好吧！我、我說燐，妳是怎麼了？妳不是要泡咖啡來喝嗎？」

「你在說什麼傻話啊，帝國劍士。」

燐伸手指向擠出咖啡豆槽的水果。

「這怎麼看都不是咖啡豆以外的物體吧？」

「這是蘋果和香蕉啊！」

燐顯然失去了平時的冷靜。

積累下來的睡意和疲憊，肯定讓她的腦袋變得不靈光了。

「唔？」

燐啟動磨豆機，而最後泡出來的，是和咖啡相去甚遠的蘋果汁。

燐將這杯果汁倒進杯子，一臉訝異地低喃：

「……這杯咖啡的顏色和平時不太一樣。」

「因為那是蘋果汁啊。」

「別說蠢話了。你覺得我連咖啡和蘋果都分不出來嗎？」

「妳這不是已經澈底搞錯了嗎！連看錯東西都沒自覺，就代表妳已經睏到神志不清啦！」

「……才沒有……這回事喵……」

「妳是不是連個性都變了啊！」

「少囉嗦，帝國劍士。都是你大吼大叫，害我頭都痛了……」

燐拿起咖啡杯。

將散發著果香的果汁一飲而盡。

「…………」

「怎樣？如果嘗得出味道有異的話，應該就能恢復——」

「啾嗚……！」

「昏過去了！喂，燐？真是的，就說妳累垮了吧。作戰會議要怎麼辦啦。愛麗絲很快就要到了吧？」

伊思卡抱起眼冒金星倒臥在地的燐，同時嘆了一口氣。

Chapter.2 「本小姐所不曉得的他」

涅比利斯皇廳星之塔——

愛麗絲跟在隨從的身後，從位於塔後側的一扇小門走了出來。

兩人前往中庭。

雖說現場還留有許多湧進王宮的採訪記者和護衛，沒有一個人察覺到愛麗絲的身影。

「往這裡走。請千萬不要放開我的手。」

握著愛麗絲的手向前走去的，是留著齊耳短髮、身穿套裝的高挑女子。

她手背上的星紋正散發著微弱的光芒。

「對不起，梓……那個，我沒事先通知，就晚了一個小時才出發……」

「您的身子可有恢復好些？」

「呃……好、好很多了。都是託妳的福……」

雖然腦海中險些就要竄過「某位少年的影片」，不過愛麗絲仍拚了命地將這段記憶從腦袋裡驅趕出去。

……不、不行，不行！

……現在不是憶起伊思卡那副模樣的時候！

她像是在說服自己似的點點頭。

「得忘掉才……啊，不對，不可以忘記。本小姐也曾被他看過裸體呢。沒、沒錯，這是高次元的資訊戰，說是彼此毫無隱瞞也不為過！」

「愛麗絲大人？」

「不，沒、沒什麼，我沒事！」

聽到隨從一臉困惑地詢問，她連忙清了清嗓子。

「我們要直接前往停車場嗎？」

「不。屬下將車子停在王宮外圍的一般車道旁。要是從王宮腹地開車離開，會引起月亮和太陽的注意。」

「謝謝妳，這是精明的判斷呢。」

不愧是女王的親衛隊。

她是專屬於涅比利斯王室的護衛，人稱「王宮守護星」。為了從發布了戒嚴令的王宮之中悄悄脫身，愛麗絲特地拜託她挪出半天一同隨行。

——她擁有「穿透」的星靈。

其匿蹤能力之強，甚至凌駕在帝國最新的光學迷彩科技之上。只要與這名護衛處於接觸的狀態，愛麗絲就能在無聲且透明無形的狀態下邁步。

兩人乘上停在王宮外圍的尋常轎車。

「燐已經先一步行動了。她帶著別墅的五名隨從躲進中央區七號街的卡密黎許大飯店。」

「只需近乎一小時的時間便能抵達。但為了甩開跟蹤的耳目，我得稍微繞道而行。」

「交給妳判斷了。」

載著愛麗絲的車子向前疾駛而出。

路上交會的車輛並不多，大概是國民現在還不敢外出的關係吧。

「關於希絲蓓爾大人的營救計畫——」

女王的護衛在駕駛座上開口說：

「請恕屬下無禮，我有一事想詢問愛麗絲大人。屬下已經聽聞前些日子意圖暗殺女王陛下和安排帝國軍入侵，皆出自於太陽的陰謀；而只要能救回希絲蓓爾大人，就能讓他們的陰謀全部付諸流水……」

「妳想問的，是執行營救計畫的人選吧？」

「是的。在尚且不明白希絲蓓爾大人所在之處的狀況下，若是要潛入太陽的據點，想必會背負相當大的風險。」

要派誰去營救？

首先必須擁有足以信任的實力。但若是與露家關係匪淺之人，就會在失風被抓的時候使得露家的立場陷入危險。

「梓，換作是妳的話，會如何安排？」

「上上之策便是由屬下親自出馬。然而身為女王護衛的我只要遭到對方抓捕，露家的聲譽定會毀於一旦。至於中策，就是派遣『逢魔時刻』吧。」

「……真是意外的提議呢。」

「只不過得支付相當高額的代價。畢竟這等於是要他們槓上涅比利斯三大王室之一，也不曉得會勒索多少非法加給。」

「不是喔。我不是指這一點，而是──」

跨國犯罪組織「逢魔時刻」。

所謂的「逢魔時刻」，原本指的是日落後白天與黑夜交接的時間帶。

──魔物和災禍橫行的時刻。

這些以災厄自居的人們在世界各地暗地活動──關於這類傳聞，感到半信半疑的愛麗絲也有所耳聞。

「本小姐聽說那邊是國際通緝犯的大本營。」

「所謂毒與藥系出同源。只要支付足夠的報酬，他們也願意從事慈善活動，或是前往研究人員從未踏足的密境捕捉新品種的生物。簡單來說，他們就是非法的代理業者……當然，就表面上來說，我方不能主動向他們提起合作。」

若能完成委託，就能奪回希絲蓓爾；就算行動失敗，他們也不會吐露委託方的名字。

雖然情非得已，但他們確實是最合適的對象。

「不過，梓，這次就交給本小姐和燐負責吧。」

「……您有逢魔時刻以外的人選嗎？」

「無論是實力還是可信度，都比那個組織強好幾倍喔。我的伊思卡比較——……啊……」

「伊思卡？」

「……沒事。那是本小姐委託的護衛名字，但沒什麼深意。」

這下糟了。

因為聊到興頭上，一不小心就把他的名字說溜嘴，這已經成了自己最近的壞習慣，而且還有每況愈下的徵兆。

……不太妙呢。之前就是和燐聊天的時候，也只會在一時疏忽時喊出他的名字。

……然而本小姐現在居然連對燐以外的人都會說溜嘴。

她暗自嘆了口氣。

當然，別墅的五名隨從都知道伊思卡的帝國軍人身分。

看來，她們恐怕得做好女王召見的覺悟。不過，屆時立場最為尷尬的，莫過於僱用第九〇七部隊的妹妹了。

「是深得愛麗絲大人信任的組織嗎？」

「是的。本小姐曾聽說他們是在中立國家活動的傭兵。說起來，那還是希絲蓓爾在獨立國家僱用的一支隊伍，但其中一員的身手相當不凡。」

「敢問那可是愛麗絲大人提及的『伊思卡』？」

「……嗯。總之，就是這麼一回事啦。」

該說是她思路敏捷，還是直覺敏銳？

雖說有個優秀的親信著實教人安心；但現在的愛麗絲內心卻是冷汗直冒，不希望她在這個話題上追根究柢。

畢竟若是談及他的戰績，光是愛麗絲所知就是一連串的豐功偉業了。

——在尼烏路卡樹海和自己打成平手。

——將覺醒的始祖再次封印。

——擊敗佐亞家私藏的王牌琪辛。

——活捉魔人薩林哲（雖然事後被他逃了）。

——將襲擊妹妹的魔女碧索沃茲擊敗。

而最耀眼的戰績莫過於三天前。

自己拿出十足十的殺意，化為捨去一切私情的魔女朝他挑起戰端——然而直到最後一刻，自己都無法擊斃他。

愛麗絲已經不再抱持懷疑。

他有著貨真價實的實力，同時也不是會毀棄營救妹妹約定的男人。

「總之，這件事本小姐會想辦法處理。」

「既然愛麗絲大人都這麼說了。不過營救希絲蓓爾大人不只是露家的大事，也是攸關國家未來的急務，還請您儘管與屬下開口商量……噢，在我們閒談之際，已經快要抵達旅館了。」

中央區七號街。

若是從這間旅館的高樓層望去，想必連涅比利斯王宮的尖塔也能盡收眼底吧。這是用來籌劃希絲蓓爾營救計畫的極佳地點。

「屬下會伴您前往旅館客房。」

「謝謝妳。不過，梓，妳還是陪在女王大人的身邊吧。她才剛動過手術，要是她有什麼勉強之舉，還請妳立即制止她。」

在輕輕點頭後，愛麗絲便走向旅館玄關。

她戴上喬裝用的彩色墨鏡。

穿過飯店迎賓大廳走向電梯。燐早已事先打點好卡片型的旅館鑰匙，並且收在愛麗絲的包包裡頭。

四十一樓。

她走向燐告知過的旅館房號。

「……仔細想想，本小姐才剛在那場戰鬥中見過伊思卡呢……」

說實話，她現在的心境有些複雜。

曾經拚上性命打個你死我活的決鬥對象，隔沒幾天又再次相見。老實說她希望能為這次的重逢安排一個更為合適的場面，但以現在的局勢來說，實在由不得愛麗絲夾雜私人的情緒。

「呼……好啦，伊思卡、燐，讓你們久等啦！趕快召開說好的作戰——哎、哎呀？」

她走進豪華客房中。

然而滿懷幹勁的愛麗絲卻撲了個空——客房裡一個人也沒有。

客廳的角落散落著疑似裝了帝國部隊私人物品的包包，桌上也還擱著沒喝完的咖啡杯。

「啊，對了。我記得燐好像說過她訂了兩三間房的樣子。」

這一間是用來開會的客房。

至於另外兩間則是用來安置帝國部隊和別墅的隨從們。伊思卡和燐他們恐怕還在隔壁的房裡休息吧。

「本小姐已經事先告知過抵達時間了，只要稍等一下，他們應該就會來了吧。」

她深深坐在沙發上頭。

兩人應該很快就會過來了吧——但愛麗絲的想法卻沒能成真。別說是伊思卡了，就連燐也遲遲沒有回房。

「……真是的！那兩人在摸什麼魚呀，居然讓本小姐等這麼久……假如一直坐著不動，睡意不就湧上來了嗎…………」

她迄今已經不眠不休地忙了超過四十個小時。

儘管這段時間她將神經緊繃到了極限，藉以維持意識的清醒；但這裡是旅館。她既不用面對士兵們，也不須與大臣們召開會議。

什麼也不用做。

只要靜靜等待。

這樣的氣氛稍稍舒緩了她的內心，讓壓抑許久的疲勞一湧而上……

「唔！不、不可以呀，愛麗絲。怎麼可以睡在這裡！」

她雖然想從沙發上挪開身子，但屁股就像生了根似的，腰部緊緊地貼附在沙發上頭。

只是稍作休憩罷了。

在燐趕來的這幾分鐘時間裡就算稍稍閉眼休息，應該也沒什麼關係吧？——心中的另一個自己這麼輕聲說道。

「本、本小姐怎麼可以打瞌睡呢！…………可、可是在燐還沒來的這段空檔……稍微……小躺一下的話……應該不會被罵吧…………」

沒錯。

自己只是躺在沙發上。

只是因為陽光太過刺眼，稍稍閉目養神罷了。

「…………呼……」

幾秒鐘後。

橫躺在沙發上的愛麗絲，隨即發出了惹人憐愛的鼾息聲。

═

幾分鐘後。

在靜悄悄的豪華客房外。

「隊長，集合的時間要到嘍。」

「好好好～阿伊，你先進房間做準備，人家這就去叫音音小妹和阿陣過來喔。」

「請別來得太晚喔。」

這麼回應米司蜜絲隊長後，伊思卡打開了用來開會的豪華客房房門。

他的左手握著一大把資料。

這是燐為了營救希絲蓓爾，在短時間內火速製作的報告。

「不過愛麗絲還真慢耶。說起來，她原本就說過會遲到一個小時，難道是受到了休朵拉的妨礙嗎……？」

他推開房門走進客廳。

理應空無一人的大廳之中，卻能在沙發上看見一名躺臥的金髮少女——這讓伊思卡懷疑起自己的眼睛。

「愛麗絲！」

魔女公主懶洋洋地橫躺著。

雖然對伊思卡來說，她是二度與自己展開死鬥的對手，但更讓他為之震驚的，還是冰禍魔女愛麗絲莉潔倒臥不起的身姿。

實在難以置信。

那個戰無不克的愛麗絲究竟出了什麼事？

——順帶一提。

雖然愛麗絲本人只是不小心睡得有些香甜；但對於三天前才和她爆發過一場死鬥的伊思卡來說，自然猜測不到如此可愛的理由。

「愛麗絲，振作一點！妳究竟是怎麼……不對，到底是誰對妳下的手！」

難道有刺客？

這間房裡有敵人潛伏？

他雖然提高了警覺查看，但客廳裡並沒有其他人的氣息，也看不出愛麗絲曾與某人打鬥過的痕跡。

「……看起來性命無虞的樣子。」

帝國人（伊思卡）沒有照料魔女（愛麗絲）的義務。

但眼見狀況如此，仍執意在一旁冷冷旁觀，終究還是會讓伊思卡湧上少許罪惡感。

「呼吸似乎沒什麼問題，也沒有外傷……不對，這樣下定論未免過於武斷。」

或許傷勢就藏在身上某處。

在確認過愛麗絲的背部之前，都不該如此輕忽大意。她也可能是遭人從背後砍了一劍，因而昏迷不醒。

「……稍微幫她挪一下位置吧。」

他抱起失去意識的少女。

少女輕得教人訝異。而指尖所觸碰到的少女肌膚，也柔嫩滑順得令他吃驚。

——為什麼呢？

為什麼光是托抱著她，自己的臉就會熱得發燙？

「呃，我幹嘛這麼緊張啊？我不是早在托抱女性的救護活動中做過好幾次訓練了嗎……」

「……嗯！」

失去意識的愛麗絲發出了嬌豔的吐息。

「愛麗絲？」

「……嗯～燐呀，妳來叫本小姐起床啦？再讓我睡五分鐘就好……」

她發出了純真無邪的嗓音。

愛麗絲閉著雙眼開口，並且露出了甜美動人的微笑。

「唔！愛麗絲，妳醒了嗎！」

「…………」

「愛麗絲？」

伊思卡作夢也沒想到她在說夢話。

就在抱著愛麗絲的伊思卡不知所措之際，愛麗絲已經伸出雙手環抱過伊思卡的脖子，像是在擁抱他似的。

「再五分鐘就好……欸，燐，妳也陪本小姐一起睡吧？」

「等一下！」

「好了，別掙扎了。呵呵，妳還真是不服輸呢。」

魔女公主抱住了自己。

她才剛將手臂環過伊思卡的頸脖，隨即便貼靠上來，用臉頰磨蹭著他的胸口。

一股難以言喻的香氣竄進鼻腔，少女宛如絲綢般的金髮拂過肌膚的感覺也讓他感到發癢。

這不太妙。

雖然他不曉得該怎麼詳細說明這「不妙」的理由為何，然而此時本能正高聲嘶吼著「不妙」兩字。

「……好厲害喔。燐的肌膚好熱，感覺本小姐就要被燙傷了。」

「妳在說什麼啦！總之，愛麗絲，妳要是醒了就快點起來啦！」

喀嚓。

就在這時，伊思卡背後的房門被人打了開來。

「真是的，我找資料居然找到差點延誤時間。愛麗絲大人就快到了，我也得快點打掃房間還有備茶才行。」

進來的人是燐。

手裡抱著大量資料的她在看見伊思卡抱著愛麗絲後，登時瞪大了雙眼。

「……愛麗絲大人？」

啪唰——燐手裡的資料悉數落地。

帝國人抱著自己失去意識的主子（愛麗絲）——看到此情此景，燐的眼神逐漸浮現出肅殺的氣息。

「伊思卡，難道你……」

「不、不是！妳誤會了！燐，聽我解釋，我沒對愛麗絲做任何事，是她倒在這裡的！」

「原來如此。」

燐輕呼一口氣。

「不需要多做解釋了，帝國劍士。我已經大概明白你想說什麼了。」

「那、那真是太好了……」

「也就是這麼一回事吧——愛麗絲大人的性命在你手裡，若想贖回她，就得支付符合價碼的贖金。」

「妳根本一點也不明白啊！」

「我誤會了嗎？」

燐一臉困惑地歪起脖子。

然而，她隨即又露出了嚴肅的表情。

「既然如此……就表示你是趁著愛麗絲大人毫無防備之際出手，想順著自己的慾望玩弄那豐滿的身子對吧！你這個卑劣的男人！」

「妳愈猜愈糟糕了啦！」

「把愛麗絲大人還來！」

「就說妳誤會了啊！……真是的，夠了、夠了，快點把大家叫過來！現在是開作戰會議的時候了吧！」

3

在客廳的中央處。

坐在沙發上的愛麗絲一臉嚴肅地點點頭。剛剛睡迷糊時所展露的可愛神情已不復見，此時的她展露著伊思卡所熟知的高貴眼神。

「那麼，各位願意正式承接營救我妹妹的委託……」

「我們一開始就這麼說過了。既然都接下了她的護衛任務來到皇廳，那我們就責無旁貸。」

出面回話的是陣。

他坐在設於桌旁的椅子上，以前傾的姿勢說道：

「我們不是免費的義工。之所以會來當魔女的保鏢，背後也是有原因的。在拿到報酬之前，我們不會拍拍屁股走人。」

「是因為你們隊長的原因吧？」

「和我們在別墅裡解釋過的一樣。都到這一步了，我們可不能兩手空空地打道回府。」

「……那、那個，阿陣，人家……」

「隊長（老大）就乖乖閉嘴吧。」

眼見米司蜜絲隊長有話想說，陣先一步制止了她。

——護衛希絲蓓爾。

雖然早有預期會是一場艱辛的任務；然而伊思卡也沒想到他們居然會被捲進皇廳的戰爭漩渦之中。

「至於米司蜜絲隊長，妳肩膀上的星紋恐怕是後天得來的吧？」

「我會提供藏匿星紋的知識，作爲擔任我護衛的謝禮。」

從隊長（米司蜜絲）的個性來推斷——

對於自己魔女化導致部下們被捲入這麼巨大的風波之中，她肯定抱持著罪惡感。

……所以陣才會要她別開口。

……他打算將這件事定調為部下們（我們）自己做的決定，藉此減輕她的負擔。

不需要為此事抱持罪惡感。

這應該是陣對隊長表達敬意的方式吧。而伊思卡和在他身旁頷首的音音，也是抱持著相同的心情。

「不僅如此，雖說是預期之外的偷襲，但希絲蓓爾遭擄確實也是我們辦事不力所致。為了挽回面子，我們並不打算讓護衛任務就此劃下句點。不過……」

真是傷腦筋。

陣像是在表達這番心情似的聳聳肩。

「身為帝國人的我們不曉得那丫頭被帶到什麼地方，所以想問妳是否有什麼頭緒。」

「好的。關於這方面，本小姐已經詢問過母……女王陛下了。」

「妳說女王？」

聽到愛麗絲說出口的人名，原本吊兒郎當的陣登時認真地探出身子。

音音與米司蜜絲隊長也睜大了雙眼。

而伊思卡不禁暗自吞了口口水。這個名號的來頭就是如此之大。

……現任涅比利斯女王。

……雖說對愛麗絲來說是母親，但這件事終於連女王都牽扯進來了嗎？

對帝國軍來說，她是最為強大且最為邪惡的死敵。

然而換個角度思考——

希絲蓓爾・露・涅比利斯九世是這個國家的公主。而對於一個母親來說，為了女兒挺身而出想必是天經地義的行為。

「本小姐這就說明具體計畫。燐，還有尤米莉夏、艾雪、諾葉兒、西詩提爾與娜彌，妳們也要仔細聽好，我等一下也會徵詢妳們的意見。」

愛麗絲環顧露家隨從，以稍快的速度說道：

「希絲蓓爾多半是被帶到王宮外頭。雖說最為可疑的地點是太陽之塔，但就本小姐猜測，聰明的塔里斯曼卿應該很快就換了一個地點藏匿她才是。」

「……因為那邊是公共場所的關係？」

「沒錯。來自各國的外賓和記者都會造訪那座塔，要是被人誤打誤撞地瞧見我妹妹，肯定會讓他們的處境變得相當難堪。」

「那會是換到鄰近的旅館或是倉庫嗎？就像我們現在這樣。」

「————」

愛麗絲不發一語地搖搖頭。

「他們這麼做的可能性也不高。女王已經下達了特別命令，現今全中央州（這裡）的建築物都能強行進行搜索。目前已經針對旅館、倉庫和一般住宅展開了調查。」

「把話說得清楚一點。」

「咦？」

「這起調查行動不是為了搜尋希絲蓓爾的下落，而是在徹查三天前襲擊了王宮的帝國士兵是否還潛伏於中央州。我這麼說沒錯吧？」

「…………」

「這話題來得正好。我也想再次確認帝國士兵（我們）的處境。」

燐與愛麗絲——

陣來回凝視著兩名原本應該與己方為敵的星靈使。

「一如這起事件的起因，我們是以希絲蓓爾保鏢的身分進入皇廳，也被保障了這段期間的人身安全。妳們應該還打算繼續保障我們的安全吧？」

「——由我來做解釋吧。」

燐壓抑著情緒說道：

「能認清帝國士兵（你們）的立場搖搖欲墜，算是相當有先見之明。你剛才說得沒錯，我們之所以發起大規模的搜查行動，正是為了揪出潛伏在暗處的帝國士兵。」

「我想也是。」

「和帝國軍的那次交戰使我方出現了大量的傷員。特別是在襲擊女王宮的當下，無論是哪個帝國士兵，都已是罪該萬死之身──你們自然也不例外。」

沒錯。

這也是愛麗絲三天前即使哭得不能自已，也執意要與伊思卡決鬥的理由。

就算太陽在背後出謀劃策，帝國派出刺客令女王負傷，以及王室成員下落不明仍是鐵錚錚的事實。

這場戰爭已不再是能用「大眼瞪小眼」收場的局面了。

「絕不能縱放任何一個帝國士兵，就算是希絲蓓爾大人親手挑選的護衛也不例外。」

「這只是場面話吧？」

「是我們遵循的大義。不過……倒也沒錯。我們終究不能盲從大義。」

燐嘆了一口氣。

雖然臉上還留有些許不服的神情，她仍不帶一絲迷惘地說：

「這是特例中的特例。本來一旦抓到帝國士兵，就只有逮捕處決這個處置；倘若能平安救出希絲蓓爾大人，我們便會保障你們四人今後的人身安全。」

「期限只到離開國境為止吧？」

「這是當然──這樣應該可以吧，愛麗絲大人？」

「嗯，本小姐會信守承諾。」

愛麗絲點了點頭，接著將銳利的眼神投向米司蜜絲隊長。

「隊長，妳應該同意這樣的條件吧？」

「……嗯。人家也是這麼打算的。對吧，阿伊？」

「當然。」

開口的並非隊長——

對於看向己方的愛麗絲，伊思卡以斬釘截鐵的口吻回應：

「我們也在那個男人（塔里斯曼）手下吃過虧，若是有扳回一城的機會，自然是求之不得。」

═══

涅比利斯王宮的多功能大廳——

這裡聚集著皇廳的最高權力者們。

其成員包括了現任女王涅比利斯八世為首的露家親信與祕書們，以及佐亞家和休朵拉家的代表人物；而現今這些成員正圍著圓桌而坐。

眾人的身後則站著輔佐現任女王的各級大臣，以及現為政治顧問的前朝大臣們。

總數約有三十人之多。

若是包含大廳角落待命的親衛隊，那人數應該將近五十人之多。

「女王啊，雖然這話有些逆耳，但我不得不說對您十分失望。」

尖銳而宏亮的男性嗓聲迴蕩在大廳的牆壁之間。

在場所有人的視線全都集中在他身上。

發話者乃是佐亞家**代理**當家昂——他身穿黑衣，用金屬製的面具遮住真面目，是一名身材高挑的男子。

「您放任帝國軍攻進王宮，這可是建國至今前所未有的奇恥大辱。至於有多少同胞在這場戰役中受害，應該就不用我多說了吧？」

「…………」

女王緊閉雙唇一語不發。

剛做完縫合手術的左手臂如今依然不忍卒睹地包覆著層層繃帶。儘管如此，這身傷勢並不構成假面卿嘴下留情的理由。

「至於我們佐亞家的損失，則是當家葛羅烏利已然失蹤超過七十二小時。雖說帝國方還沒有正式公布，但想必是遭到了俘虜。」

「…………」

「葛羅烏利當家身上寄宿著強大的星靈，乃是王室的瑰寶。而遭到俘虜的他，恐怕得在帝國接受可怕的人體實驗，這是多麼悲慘的一件事啊。」

女王沒有說話。

她確實也無話可說。在沒有證明太陽的陰謀之前，女王的聲望確實是墜入了谷底。

「昂大人，請您聽屬下解釋！」

耐不住一聲聲責難的露家女祕書揚聲發言：

「女王陛下也和您同樣難受。陛下的兩位千金──伊莉蒂雅大人和希絲蓓爾大人相繼失蹤，現在不應將時間浪費在追究責任上頭，而是該制定營救失蹤者的計畫──」

「這還不容易。」

假面卿打斷了她的話頭。

「只須向帝國本土發起總攻擊即可。就像百年前一樣，我們要讓帝都化為灰燼。這便是拯救人質的最佳藥方。」

「……什麼！」

「您以為透過優雅的交涉就能贖回葛羅烏利卿嗎？答案是否定的。畢竟對於帝國來說，純血種真正的價值並非『人質』，而是『研究材料』。」

被抓到的純血種恐怕會遭受到比死還痛苦的對待。

但那些過於殘忍的人體實驗見不得光。為了不讓國際吹起反帝國的聲浪，帝國會將消息封鎖得一乾二淨，而這也是眾所周知的事實。

「帝國肯定會主張『並沒有讓抓捕到的俘虜遭受非人道的待遇』，藉此含糊帶過吧。倘若對方如此死皮賴臉，妳又打算如何交涉？」

「屬……屬下……」

「為此我才會提議對帝國發動總攻擊。」

假面卿以演戲般的誇張動作張開雙臂。

像是在詢問女王。

也像是在詢問坐在後方的數十名大臣和軍事專家。

「若還有其他奪回同志的手段，還請不吝提議。」

「——假面卿。」

女王終於出聲說道：

「我身為女王，實在無法接受在這種局勢下增加更多犧牲者的提案。」

「若能有個強大的領導人，就不會有這種風險了。」

唰！

數十人的驚愕之聲傳遍整個大廳角落。強大的領導人——月亮的這句弦外之音，無異於在指責**現任女王還遠遠不夠強大**。

「唔嗯，言之有理。」

在嘈雜的大廳之中，唯一還展露微笑的男子開口說。

他是休朵拉家當家塔里斯曼。

「您是指須儘速召開女王聖別大典，選出下一任女王是吧？這我並不反對喔。畢竟在國家有難之際重選新一任的領導人，確實也是常見的大時代事件啊。」

若確定要選出下一任女王的話？

星星（露）的現任女王信用盡失的現今，處境可說極為糟糕。

月亮原本具備雄厚的實力，但因葛羅烏利當家遭到帝國俘虜，使得局勢呈現逆風狀態。

而太陽則會在這樣的局面下，乘著大順風旗開得勝吧。

「您是這個意思對吧？」

「**錯了**。」

「……嗯？」

「塔里斯曼卿似乎有所誤會。我雖然主張選出強大的領導人，但並沒有寄託於女王聖別大典的意思。」

冷酷的假面底下——

統率佐亞家的黑衣男子吊起嘴角奸笑道：

「我打算喚醒始祖大人，求其歸位。」

「什麼！」

「你說什麼！」

塔里斯曼和女王涅比利斯八世都不禁發出驚呼。

幾名大臣不假思索地站起身子，就連站在牆邊的護衛們也面面相覷——這句話所帶來的衝擊就是如此驚人。

——始祖涅比利斯。

她現在被隔離在皇廳的地下深處，維持著沉睡不起的狀態。

「原來還有這麼一招啊。的確，若是讓始祖大人出馬……！」

一名年近四十的大臣輕聲低喃。

而周遭的官員們雖然陸續傳出驚呼聲，卻沒人出言反對。

「各位覺得如何？現任大臣布爾塔卿，我想聽聽您的高見。」
「臣、臣認為……這是可以檢討的計策之一。」
「前朝大臣別斯楚卿？」
「臣的意見亦同。此舉既能選出昂卿所主張的強大領導人，也能提升我國戰力，可謂兩全其美之計。」
一百年前始祖涅比利斯曾讓帝都化為灰燼。
若是讓這位最為古老且最為強大的星靈使再次醒來——
「請稍等一下。」
女王的一聲大喝傳遍了略顯浮躁的大廳。
「這樣的決議太過倉促了。目前尚未確立喚醒始祖大人的標準流程，而始祖大人的覺醒也伴隨著天大的風險。各位應該都還記得，中立都市艾茵曾遭受了多大的損失吧？」
在場就只有女王知道——
即使面對的是愛麗絲這樣的直系子孫，始祖仍會痛下殺手。
這與月亮主張的「消滅帝國拯救人質」的目的並不相符。只要是為了毀滅帝國，始祖甚至連自己的同志都會格殺勿論。
——次元差太多了。

包括了星靈的強度。

也包括了更重要的——對帝國的憤怒。愛麗絲曾說過，那兩項都是身為現代人的他們所無法望其項背的。

「始祖大人的砲火一旦波及帝國人之外的對象，那皇廳（我國）就會受到世界各國的非難。」

「這不正是女王展現手腕的時候嗎？還有，時間到了。」

假面卿起身離席。

「在下次的會議上，我希望大家能集思廣益提出喚醒始祖大人的方法。恕我失陪了。」

在輕輕行了一禮後——

假面卿帶著佐亞家的親信們離開了多功能大廳。

涅比利斯王宮空中迴廊「太陽之道」——

在這座連結女王宮和太陽之塔的玻璃走廊上，一男一女正並肩而行。兩人都有著連模特兒都自慚形穢的高挑身材——

「哎呀哎呀，真是輸了一手。」

休朵拉當家塔里斯曼停下腳步。

他抬起臉龐，像是透過玻璃天花板仰望著天空似的。

「真不愧是假面卿，在這種狀況下還能打出最強的手牌。」

「您是指始祖大人的事嗎？」

「沒錯。我也想聽聽米吉的感想呢。」

「……哎呀，叔叔大人居然會想聽我的意見，真教人意外。」

隨著一聲輕笑。

看似成熟的少女停下腳步，展露出惹人臉愛的眼神回過身子。

——米潔曦比・休朵拉・涅比利斯九世。

少女有著輪廓深邃的五官，以及讓人眼神為之一亮的琉璃色長髮。

她原本的髮色與塔里斯曼同樣是金色，但在寄宿於身上的強大星靈開始顯現的同時，她的頭髮也隨之染成了藍色。

「向叔叔大人提出意見，令人相當緊張呢。」

「無須客氣，妳就以下任當家的立場發言即可。」

「那麼……關於喚醒始祖大人一事，說得簡單一點，就是很礙事呢。」

這位有著塔里斯曼姪女身分的少女——

是已然確定會繼任塔里曼家當家的公主，同時也擁有女王的繼承權，是休朵拉家打算在女王聖別大典上擁戴的對象。

「倘若在此時召開女王聖別大典，勝出的必然是太陽（我）。露家女王的地位已搖搖欲墜；佐亞家得忙著處理當家（葛羅烏利）失蹤一事，無暇顧及女王聖別大典，因此雙方都難以做好充足的準備。」

休朵拉家期盼召開女王聖別大典。

佐亞家雖然想召開女王聖別大典，但因為當家失蹤，因此想避免發展成此一事態。

露家則打算迴避女王聖別大典，維持現在的政權。

——原本規劃得天衣無縫。

只要在這樣的局勢下讓女王交出政權，新任女王肯定就會從休朵拉家中誕生。

然而——

「始祖大人一旦醒來，就可能讓這一切付諸流水。」

「唔嗯。那是什麼意思？」

「始祖這個頭銜實在過於偉大。就算我能在女王聖別大典中勝出並當上女王，只要始祖大人澈底復活，國民就不會聽從我這個徒有其表的女王號令，而是唯始祖大人是從，沒錯吧？」

在女王之上，存在著更為偉大的始祖。

如此一來，就算拚了命搶得女王寶座，也會變得毫無意義。

「進一步來說，就算她醒來了，我們也不曉得她會做出何種行動。畢竟始祖大人的星靈迄今仍無法解析。」

「沒錯。而且也有她施展多種星靈的紀錄。」

一個人只會寄宿一種星靈。

但這樣的常識可能無法套用在始祖身上。

「妳能預想到的最糟情況為何？」

「那便是始祖大人擁有近似希絲蓓爾的能力，或是讀心術和催眠術等前所未見的能力吧。」

休朵拉家的陰謀將會曝光。

假如勾結帝國軍的密謀被始祖揭穿，將帝都化為灰燼的始祖怒火肯定會投向休朵拉家。這是說什麼都要避開的狀況。

「很合理的分析。」

啪啪啪啪——塔里斯曼以調侃的神情拍了拍手。

「真不愧是米吉。那場會議散會至今僅過了短短幾分鐘妳便能分析得如此透澈，就算現在立刻接掌女王之位，憑妳的見識想必也能排除萬難吧。」

「不敢當。」

「反過來說，假面卿的提案就是這麼直指核心，說是最佳方案也不為過。雖說葛羅烏利卿失蹤，但還是有必要警戒佐亞的行動呢。」

喚醒始祖——

擁有超越女王的威望與實力的她，會讓這個皇廳變得比現今還要更為強大，是個獨一無二的存在。

「難道說小伊莉蒂雅會選擇流亡，就是因為猜到佐亞家會做到這一步，所以才提前抽身嗎？若是如此……」

「叔叔大人？」

「不，沒事。」

看到姪女抬頭望向自己，塔里斯曼苦笑著搖搖頭。

「無論如何，始祖已是過去的象徵，和這個新時代並不相稱。」

喀！

塔里斯曼領著美麗的少女，再次於玻璃走廊上前行。

「可不能讓他們喚醒始祖啊。米吉，無論是以女王候補還是一名星靈使的身分，接下來都會有得忙嘍。」

「我很期待呢。」

「好啦，再來就是碧索沃茲的事了。」

他凝視著玻璃牆的另一端。

塔里斯曼當家像是在自言自語似的低聲說道：

「也不曉得是不是變成魔女的影響，那孩子的情緒現在有些不太穩定。希望她不會對露家的公主動粗。」

4

一片純白的小房間。

這是一個連地板和天花板都塗滿了白色油漆且看不見任何一扇門的房間。如今在希絲蓓爾倒抽著一口氣的注視下，牆壁內側冒出了一扇開啟的門扉——

「嗨，希絲蓓爾小妹。」

「……噫！」

「啊～別這麼害怕啦。我可是收到了命令，得暫時善待妳呢。」

碧索沃茲。

嬌小的魔女玩弄著自己深紅色的頭髮低聲笑了笑。

她的右耳別著耳針，左耳戴著大型的輪形耳環，凶悍的眼神給人粗暴的印象；然而這名少女的真面目並不是人類。

「……妳……」

「嗯？喔，因為這裡是太陽之塔嘛。我哪可能頂著**那種姿態**在塔裡走來走去呢？」

太陽之塔？

換句話說，自己還待在涅比利斯王宮的腹地之中嗎？

「啊哈哈！妳剛剛露出了大感意外的神情呢。是因為覺得這裡是自己熟知的場所，所以稍感安心了？」

「…………」

「也罷。對了，希絲蓓爾小妹啊——」

碧索沃茲將身子靠了上來。

希絲蓓爾承受著這股不容分說的壓力，咬緊嘴唇向後退去。凡是看過那種怪物的身影，任誰的內心都會留下恐懼的陰影。

背部貼到了牆壁。只過了短短幾秒，她就被逼到了牆角。

「別、別過來！」

「哎呀，別這麼無情嘛。」

碧索沃茲伸出的手掠過希絲蓓爾的臉頰，抵住了牆壁。

她將抹了紫色口紅的唇瓣貼近過來。

「我有事想問妳呢。」

「妳以為我會說嗎？」

「又不是多重要的事，只是稍微有點好奇罷了。希絲蓓爾小妹，妳是怎麼把**那個男人**收為部下的？」

「……那個男人？」

「帝國的前任使徒聖伊思卡。」

碧索沃茲像是要看透自己的內心似的，將臉孔湊得更近。

距離近到兩人都能感受到彼此的呼吸。

「我雖然已經有擺脫人類身分的自覺，但那名劍士好像也在另一種層面上超越了人類的範疇呢。看來那傢伙和妳姊姊在尼烏路卡樹海交戰並打成平手的傳聞，並不是虛假的謠言呢。」

「咦？」

她闔不上已經張開的嘴巴。

那是什麼意思？

自己從未看過兩人的這段過去。

……愛麗絲姊姊大人曾在戰場上和伊思卡交手過？

……可是姊姊大人她從來沒提過這件事呀。

希絲蓓爾當然也曾懷疑過。

因為在自己（希絲蓓爾）試圖拉攏伊思卡為護衛的時候，她曾有些露骨地表達出想制止的念頭。

「爲何身爲皇廳公主的您，會結識這名帝國劍士呢？您剛才不是喊了『伊思卡』這個名字嗎？」

「是因爲希絲蓓爾（妳）這麼喊他，本小姐才會跟著喊的。」

即使用上了希絲蓓爾的能力，也找不出伊思卡和姊姊早已相識的決定性證據。

……不過，這麼一來就說得通了。

……原來兩人是在尼烏路卡樹海結識的？

燈之星靈的有效範圍為半徑三千公尺。

而樹海距離涅比利斯皇廳太遠，儘管用上星靈，也查不出兩人相識的契機。

「愛麗絲姊姊大人和伊思卡交手過……？那是什麼意思？」

他們是在戰場上交手過的敵人？

若是如此，雙方的關係就肯定是廝殺過的仇敵了。但無論是在獨立國家還是露家別墅，兩人都相處得相當熟識，完全不像是打打殺殺的關係。

「哎呀？看妳的反應，難道妳完全不知情？」

「這、這是當然的！」

毋寧說我還希望妳能說得更詳細一點——

她勉強沒讓後半句話衝出喉嚨。不行，要是自己在這裡示弱，就正中對方的下懷。

「……比起這點小事，我的隨從修鈸茲應該平安無事吧？」

「那是當然。」

碧索沃茲以坦率得讓人傻眼的反應點點頭。

「只要妳乖乖聽我們的話，我就能保證他性命無虞。畢竟希絲蓓爾小妹的星靈很方便嘛。」

「……妳打算讓我做什麼？」

「這就等妳醒來後再好好期待吧。」

「唔！」

魔女的手掌像是在遮蔽視野似的伸了過來——

「晚安啦，公主大人。」

希絲蓓爾失去了意識。

Chapter.3 「前往太陽之道」

1

卡密黎許大飯店四十一樓——

此時為飯店尚未開始提供早餐的凌晨五點。伊思卡朝著從走廊上走來的少女看了一眼。

「燐？妳起得還真早耶。」

「我一個小時前就醒了，畢竟我起床的時間已是習慣成自然……哼，你不也一樣嗎？要是你在把風的期間打起瞌睡，我還打算把你揍醒呢。」

燐看向待在房間門口站哨的伊思卡。

以像是極端感到厭惡的口吻說道：

「換手。」

「……？」

「我要接手把風的意思。中午還有一場作戰會議，你就休息到那時為止吧。」

「不用啦，我沒事。再過兩小時，陣就會來換班了。」

「在營救希絲蓓爾大人的行動中，你是關鍵人物。」

燐壓低音量說道。

她將目光投向走廊深處，以防被人聽見。

「經過昨天愛麗絲大人也在場的那一席會談，我有了深刻的體悟。雖然我非常不甘願，但只有這回我會盡可能從各方面支援你。」

「我是很感激妳的好意，但我們也是會換班站哨的。」

「把時間拿去鍛鍊自己。」

燐之所以會這麼說，也是因為她本人同樣是一流高手的關係吧。

「我會接替你承擔『只是站在走廊上不動』的兩小時把風時間，你就去將自己的身心調整為最佳狀態吧。」

「…………」

「要保養你的劍或檢查裝備都行。無論如何，這都會比你呆站在這裡更有意義。」

「……我知道了。」

兩人對視了一會兒後，伊思卡率先讓步。

「但這件事不能讓我一個人決定，我得向米司蜜絲隊長報備。」

就在他要轉身背對燐的時候——

伊思卡的腦海裡驀地閃過昨天和愛麗絲的對談。

「啊……」

「什麼事？我會代你把風的，快點回房裡去。」

「昨天的事，我有一個問題想問。」

愛麗絲也有參與其中的作戰會議——

雖說絕大部分都鎖定在關押希絲蓓爾的候補地點和制訂搜索方式，但伊思卡耿耿於懷的卻是另一件事。

在離席之際，愛麗絲曾只對自己（伊思卡）說過某個祕密。

「我的立場雖然不太適合提這件事，但帝國軍於三天前襲擊涅比利斯王宮的時候，和女王交手的真的是**那個約海姆**嗎？」

「……那是什麼意思？」

燐的話聲中帶著刺。

「妳就是涅比利斯女王吧？」

「我名爲約海姆，有著使徒聖第一席的身分。」

「實際交手過的女王大人曾提及過，那名敵人是這麼自報名號的。」

「他的外貌呢？燐也有看到吧？」

「那是當然。那人是握著一把細長巨劍的男子，有著紅色頭髮，身穿盔甲和大衣合而為一的裝扮。那和帝國的戰鬥服不同，八成是特製的款式吧。」

「……那應該沒認錯人。」

使徒聖約海姆。

在這個以槍枝和砲擊作為主要武器的時代，除了伊思卡，他是唯一以劍士自居的使徒聖。

不過伊思卡從未和他比試過就是了。

「喂，伊思卡，你別不講話，快點回答我啊。你是想說女王大人聽錯了？還是那人不是約海姆，而是某人冒名頂替的？」

「不是的。」

聽到燐咄咄逼人的話語，伊思卡只是靜靜地搖搖頭。

雖說襲擊女王的是使徒聖第一席約海姆——這名直屬於天帝的男子會離開帝都一事固然讓他驚訝，但僅憑一把劍就能壓制涅比利斯女王的神技，想必沒有任何一人模仿得來。

「約海姆肯定是本人沒錯，但以我的立場沒辦法說得太過詳盡。」

「那還有什麼疑問？」

「是伊莉蒂雅被他砍傷的事。」

「什麼！」

燐的肩膀微微顫抖。

「……你是什麼意思？伊莉蒂雅大人為了保護女王陛下而被那個男人砍傷了。這是我和愛麗絲大人都親眼目睹的光景。」

「她被約海姆帶走了？」

「沒錯。她身受生死未卜的重傷，被帶上了車——」

「就是這點有問題。」

愛麗絲的姊姊有著美若天仙的亮麗外貌。

然而自己曾經聽聞。在被碧索沃茲擄走前，希絲蓓爾曾斷定姊姊（伊莉蒂雅）正是幕後主使。

「我感到在意的，就是這『生死未卜』四個字。」

「嗄？這有什麼問題，都受了那麼嚴重的刀傷——」

「**不是致命傷這點大有問題**。中了使徒聖認真的一劍，是不可能留下一口氣的。換作我在沒有防護的情況下被砍，肯定也是一命嗚呼。」

「唔！」

「既然約海姆帶走了她，就表示揮劍的約海姆本人判斷她還活著吧。不過，若是捱上使徒聖認真揮出的一劍，肯定會受到致命重創。這一點讓我覺得很不對勁。」

「……理應致命的傷勢，卻不至於喪命。你想說的難道是……」

燐皺起眉頭。

在過了好幾十秒的漫長沉默後——

「你認為伊莉蒂雅大人被砍，是一場準備好的戲？」

「她原本就是幕後主使的候補之一。她暗中勾結休朵拉家幾乎可以說是事實，而在中央州攔截我們，將希絲蓓爾帶去別墅的也是她。」

「……你覺得她是刻意捨身擋駕，好將自己扮演成一名悲劇公主（女主角）？」

「就實際上來說，愛麗絲也被她的演技打動了吧？」

儘管懷疑伊莉蒂雅是幕後黑手——

但姊姊捨身保護女王倒下的悲劇，讓愛麗絲對眼前所見深信不疑。

……要是連這一步都在她的盤算之中呢？

……要是伊莉蒂雅中劍倒地只是一場陰謀呢？

就連愛麗絲和女王都被她的演技蒙騙了。

第一公主的邪惡計謀，就連骨肉相連的血親都無法識破。

「不……這不可能。你說伊莉蒂雅大人是刻意被砍的……伊思卡，你是因為沒看到那誇張的出血量，所以才會這麼猜測。」

燐緊咬下唇，同時低聲呢喃：

「我也看到了鮮血灑在地板上的痕跡，那絕對不是假血或是偽裝，是真的——」

「魔女碧索沃茲。」

「咦？」

「休朵拉家派出的那個刺客，是個被劍砍到也不當一回事的怪物。燐應該也看到了吧？」

劍尖傳來了「砍到空氣」的手感——這讓伊思卡為之驚怖，停下了手中的長劍。

就像砍過了一團水似的。

這兩者有相似之處。

中了使徒聖（伊思卡）一劍也毫髮無傷的魔女（碧索沃茲）。

中了使徒聖（約海姆）一劍還能苟延殘喘的伊莉蒂雅。

「……豈有此理。」

燐愣愣地佇立在地。

她的雙唇逐漸失去血色，變得微微泛紫。

「……你說伊莉蒂雅大人……和那個怪物一樣……？」

「她（伊莉蒂雅）的真面目若和那玩意兒相同，那就算被劍砍到也不會死。如此一來邏輯就說得通了吧？這也能解釋被使徒聖（約海姆）的必殺一擊命中，卻還能存活下來的疑問。」

因為她知道自己絕對死不了。

既然她已和休朵拉家暗中勾結，那會知曉魔女化的祕密也不奇怪。

「我重申一遍，如果只是單純的生死未卜，使徒聖不會特地騰出手帶走她。這難道不是因為早就知道她不會死的關係嗎？」

「……這、這個……」

「**伊莉蒂雅以挺身中劍作為手段，從王宮中逃離**。這樣想的話就說得通了。她不是被帝國軍俘虜，而是主動投靠了帝國。」

「————」

愛麗絲的隨從沒有反駁。

看到她的反應，伊思卡繼續說道：

「但我還是得強調一下，伊莉蒂雅的下落和帝國士兵（我們）毫無關係。」

雖然可能性不高——

但第九〇七部隊在回到帝國之後，還是有可能撞見伊莉蒂雅。

「我完全不曉得她在打什麼算盤，也沒打算調查她是不是帝國派來的密探，就算真的知道消息，我也沒辦法透露。我們和皇廳（你們）的合作關係，就僅限於營救希絲蓓爾而已。」

「……這我很清楚。」

伴隨著沉重的口吻，燐總算點了點頭。

「你只須救出希絲蓓爾大人即可。伊莉蒂雅大人的事，是露家的家務事。」

2

正午時分——

在用來開作戰會議的豪華客房內。

「呃……人家再做個確認，咱們只要用帝國軍的方式行動就可以了對吧？」

靠桌而坐的米司蜜絲對著站在對側的燐開口說道：

「襲擊涅比利斯王宮的帝國軍剩餘部隊依然潛藏在中央州之中。而其中的一支四人小隊偶然看上了休朵拉家的設施，進一步加以入侵……」

「沒錯。而希絲蓓爾大人**正巧待在那兒**——我們會讓這起事件如此定調。」

燐使了個眼色。

「這兩人會陪同第九〇七部隊（你們）一起行動。」

露家的兩名隨從微微行了一禮。

她們兩人這幾天雖然都與伊思卡一行人寢食與共，但無論是哪一位，現在臉上都浮現出濃濃的緊張之情。

「在下是娜彌．奧卡斯特，再次請各位多多指教。」

「在下是西詩提爾．闊．凱茲。雖然是在下擔當不起的重要任務，但為了營救希絲蓓爾大人，我定會和各位生死與共。」

看似年輕的黑髮少女娜彌今年似乎才十五歲，而西詩提爾則是十六歲的茶髮少女。

兩人雖然都不擅長戰鬥，但身為侍奉露家一分子的兩人，都具備著能在緊急狀況下發揮效果的星靈。

——娜彌的「霧」能用來入侵敵方陣地（休朵拉家）。

——西詩提爾的「回音」則能用來探測希絲蓓爾的所在位置。

這兩人加上第九〇七部隊——這六人便是這次營救行動的執行部隊。

「我之前已經概略地介紹過她們的星靈，但詳情還是交由本人解說比較好吧——娜彌。」

「在下的能力為『霧』。直接展示給各位看應該比較實際吧？」

黑髮少女向前伸出手臂。

下一瞬間，她的身影就像是煙靄一般，緩緩地和背景融合在一起。

「消失了！」

「……唔哇，這好厲害！速度說不定比帝國的光學迷彩更快呢。」

米司蜜絲隊長雖然發出了驚呼聲，但音音的反應更為強烈。

這是連帝國軍方的最新技術都自嘆不如的澈底同化。身為機工士的音音抱持著凌駕於驚愕之上的好奇心，凝視著娜彌剛才所站的位置——

「在下在這裡。」

「呀啊！什、什麼時候移動的……？」

音音被人從後方搭肩，這回驚訝得整個人跳了起來。

還以為她在原地消失，結果卻出現在身後。娜彌雖然是壓低腳步聲繞到音音身後的；但看在不知情人的眼裡，想必是宛如跨空間移動一般的光景。

「伊思卡，你有看見嗎？」

「……不，我完全沒看到。雖然勉強聽見了她的腳步聲啦。」

「有這麼強的能力還去做隨從，未免太可惜了吧？」

陣以五味雜陳的口吻說道。

即使從現在開始立刻轉職為刺客也沒問題——

就算是這麼嬌小的少女，只要她有那個心，說不定也能憑一己之力剷除帝國的重要人物。這讓他再次稍微見識到星靈使的威脅。

「這種誤解的方式，果然很符合帝國人的思維啊。」

燐輕聲說道：

「星靈並不像帝國人所認知的那般萬能。娜彌，展示給他看看。」

「——遵命。」

黑髮少女向後方一跳。

瞬間，原本完美的同化能力逐漸消退。星靈術被強行解除了——將這段過程看在眼裡的伊思卡腦海裡浮現的答案是——

「難道和速度有關？」

「是的。若不能維持靜止或是極為緩慢的速度，霧之星靈就無法和周遭同化。一旦奔跑或是跳躍，就會瞬間解除同化能力。」

無法在發動星靈的狀態下戰鬥。

這種能力無法發揮在戰場上。

……原來如此，這是只能用於躲藏的力量。

……對於諜報部隊來說，恐怕是個難以駕馭的能力吧。

這種能力適用於專注防衛愛麗絲或女王的人身安全。

也難怪她會被僱為隨從。

「在下的同化能力雖然可以同時對多人發動，但隨著對象增加，能維持同化的時間也會逐漸縮短。這能力恐怕僅能維持數小時的效力，還請各位在搜索希絲蓓爾大人時銘記在心。」

娜彌伸出手臂。

她將浮現在手背上的星紋展露給眾人看。

「在觸碰這道星紋的瞬間，同化便會開始作用。不過，若是離在下太遠，星靈術也同樣會失效，還請各位注意。」

「我大概明白了。」

陣對另一名隨從使了個眼色。

「然後，妳叫西詩提爾對吧？妳有什麼能力？」

「在下的『回音』是能搜集周遭聲響並加以分析的星靈。請當作可以聆聽到遠處的說話聲或是呼吸聲的能力。」

茶髮少女豎指抵唇，示意眾人安靜。

「搜查範圍大約是半徑五十公尺。以旅館來說，大概就是七個樓層左右吧。就現在來說，在下能聽見三十五樓旅客的對話。」

「就算把門關上也聽得見嗎？」

「若是將門封死的話，多少會受到影響。另外聲音的種類也有差異，金屬的聲響較難察覺，而人類的腳步聲或是說話聲則能偵測到較廣的音域。這是因為星靈寄宿在人類身上，因此針對人類所發出的聲音會較為敏感。除此之外——」

「西詩提爾。」

「……我失態了。剛才那段是多餘的星靈學講座。」

被燐狠狠一瞪後，隨從少女有些做作地清了清嗓子。

「計畫的大綱如下：我們會活用娜彌的『霧』入侵太陽的據點；而只要接近希絲蓓爾的所在位置，應該就能用在下的星靈鎖定她的位置。不過，她若是處於被嚴加看守的狀態，那我們也不必勉強將她從據點裡救出。」

只要能確定希絲蓓爾的所在地即可。

如此一來，女王就能下令強行搜查，闖入休朵拉家的據點。

「作戰計畫將於後天執行，我們會抓準塔里斯曼出席會議的期間採取行動。就算我方的行動遭人察覺，也會因為當家不在崗位上，讓太陽（那些傢伙）不敢輕舉妄動……有其他疑問嗎？」

「從我開始吧。」

對於燐的問話，陣立刻出聲回應。

他凝視著黑髮少女說：

「妳的霧之星靈，在同化的期間也能瞞過監視器嗎？」

「可以。就算被鏡頭拍到，同化也不會曝光。」

「紅外線一類的熱源感應器呢？」

「體溫會遭到監測。在穿越自動門時還請留意。」

「也就是說，氣味和腳步聲也藏不住嘍？」

「是的。不過說話聲和腳步聲若不大，就能用西詩提爾的『回音』掩飾。由於她的能力是搜集聲響，因此能夠集中音量再擴散至周遭。」

「最後一個問題。」

陣看向茶髮少女西詩提爾。

「妳的『回音』能抹消掉槍聲嗎？」

「很遺憾……」

「我知道了。總之得貫徹無聲潛入的方針。」

得極力躲避交戰的狀況。

音音和米司蜜絲隊長的電擊槍雖然有消音功能，但開槍時終究不是悄然無聲；而陣的狙擊槍想必也派不上用場吧。

「有狀況的話就交給伊思卡吧。」

「我原本就是這個打算。」

伊思卡理所當然也早已想到陣的結論。

……若是得悄然無聲地行動，用我的劍最為合適。

……若能藉由「霧」之星靈移動到近處，要發起偷襲也不難。

當然，武力只是最終手段。

假如要在敵方據點發起爭鬥，無論是地利還是兵力，都對己方有壓倒性地不利。

「我說燐，那邊當然也有純血種鎮守吧？」

「可能性很高。能在當家（塔里斯曼）離開崗位時代行職務的人，像是米潔曦比公主就是其中一員。」

「公主……」

雖然早就稍微猜想過。

但伊思卡還是頭一次聽到，休朵拉家也有能夠繼承女王大位的公主——就像露家的愛麗絲和希絲蓓爾那般的存在。

「燐，多說點關於她的資訊。」

「這是當然。儘管我打算盡可能將太陽的戰力全盤托出，不過……」

說到一半，燐斂起嘴角。

她像是捨不得眨眼似的，以伊思卡都為之訝異的真摯眼神凝視過來。

「你是這次作戰的關鍵。」

「————」

「雖然心情有點複雜，但我很相信你的實力。希絲蓓爾大人就拜託你了。」

「那個，燐大人，在下有個略微唐突的疑問……」

看到燐露出嚴肅的神情後。

黑髮隨從娜彌像是感到不解似的歪起脖子。

「您和這一位難道相當熟識？」

「～～～唔！不、不是，那個……是我說錯話了……」

燐的臉龐逐漸變得通紅。

就在伊思卡端詳著她的下一瞬間，燐朝著他的小腿就是一踢。

「喂，帝國劍士！都是你的關係，連我都被人誤會了！」

「是我的錯嗎！」

「少囉嗦，吵死了！」

「啊，好痛！」

眼見燐遲遲不肯罷休，伊思卡連忙向後跳開。

Chapter.4 「雪與太陽」

1

早上十點——

愛麗絲按著心跳加速的胸口，走在涅比利斯王宮的走廊上。

燐與她並肩而行。

燐一直到昨晚都還在與帝國部隊進行作戰計畫的最終確認，直到天亮時分才返抵城堡。

「**就在一小時後呢**。」

「我們已經做足了一切準備，還請愛麗絲大人專注在會議上。」

「……本小姐很清楚。」

對露家來說，這是攸關家族命運的一仗。

只要伊思卡能揪出妹妹的所在地，就能揭穿休朵拉的陰謀，讓女王重獲國民的信任。

倘若是作戰失敗了，就等同於露家敗北。

女王失勢將成定局，而愛麗絲也難以在下一屆的女王聖別大典中勝出。

「────」

她緊閉雙唇，走向多功能大廳。

這天召開了第二場會議。在愛麗絲和燐到場之際，女王、大臣們、佐亞家和休朵拉家的重要人士都已經在圓桌旁就座。

「不好意思，我來晚了。」

「妳是準時抵達喔。反而是我們來得太早了呢。」

爽朗的男性嗓音響遍大廳。

和面色凝重的眾人相比，休朵拉家當家塔里斯曼的微笑顯眼得教人厭惡。

「嗨，小愛麗絲。妳沒出席上次的會議，今天已經沒事了嗎？」

「是的。我已閱讀過上次的會議紀錄。」

「那便是再好不過。」

待愛麗絲就座後──

「看妳一**副心事重重的樣子**，我還以為妳遇上了什麼麻煩呢。」

「唔！」

驚呼聲險些從喉嚨竄出口中。

……是本小姐的表情透露了訊息嗎？

……不對，並非如此。他憑藉直覺隱約察覺到我們策劃了作戰。

希絲蓓爾營救作戰也在他的預料之中。

但終究沒能做到滴水不漏。塔里斯曼想必只猜到「愛麗絲應當會為了救回妹妹而行動」，還不曉得具體的計畫為何。

剛才的那句關切之言也是為了動搖自己，藉以挖掘情報的話術（把戲）。

「謝謝您的關心。這樣的情況也是我首次面對，因此花了許多心思思考該如何應對。」

「這樣啊。別太勉強自己了。」

塔里斯曼的臉上依舊掛著笑容。

坐在底側的假面卿則低聲與佐亞家的親信交頭接耳。

……這邊也是有備而來。

……無論是假面卿還是塔里斯曼卿，兩人在話術上的造詣都比本小姐優秀。

若要比勾心鬥角，自己肯定毫無勝算。

從正面唇槍舌戰也一樣。愛麗絲就是費盡唇舌，也只會被他們精湛的話語耍弄得團團轉；當她和姊姊（伊莉蒂雅）對話時也總是如此。

——因此，沉默乃最佳選擇。

就算表情顯露出內心的動搖也不須在意。總之一句話都別說。說什麼都得避免說溜嘴，導致這次的作戰曝光。

「…………」

愛麗絲緊咬下唇。

並將雙手擱在大腿上頭，不發一語地握緊雙拳。

2

有個關於北風和太陽的寓言故事。

北風無論吹出多麼強烈的風，都無法吹跑旅人身上的衣物；但太陽緩緩地灑下陽光後，旅人便因為暑氣而脫下衣服。

——這個故事傳遞著一個道理。

若想讓他人信服自己，就不該憑藉暴力，而該保持耐心展露沉穩的態度。這既是能應用在現代組織學的準則，也是休朵拉家代代中意的理念。

而這處據點便是以這樣的理念命名。

休朵拉學院，尖端星靈工學研究所——

一般通稱「雪與太陽」。

這是休朵拉所擁有的設施之一。

這間研究所抽取著從星星中樞噴發的星靈能量，研究將能量轉換為電力或天然氣的方法，藉以推動第四次能源革命。

「……這只是表面說法，實際上根本是休朵拉家的私人軍隊囤兵基地。」

在廣大的草坪之中。

黑髮隨從娜彌抬起頭，指向閃耀著淺灰色光芒的高樓大廈。

站在入口兩側的，是手持反星靈盾牌的警衛。與其說像是戰場上的星靈部隊，他們更像是在監獄塔見過的鎮壓部隊。

「如同各位所見。他們沒有擴充需要登記造冊的親衛隊，而是打著擴充警備的名目僱用一批私兵。光是常駐在據點之中的，據說就有百人之數……如何，西詩提爾？有聽到什麼嗎？」

「就無線電的對話來判斷，警戒層級應當是『略高』吧。」

另一名隨從（西詩提爾）將手掌豎在耳邊說道。

雖然是己方聽不見的距離，但她能透過「回音」星靈竊聽這些私人軍隊的對話。

「雖說用上了專用的暗號，但從話語中反覆提及的詞彙推測，那應該是『沒有異狀』和『繼續戒備』的意思。但由於聯絡的次數相當頻繁，因此感覺得出來他們有在用心戒備。」

「嗯，應當是如此吧。」

對伊思卡來說，這也是意料之中的狀況。

「我們可是在別墅遇襲的一方，自然會有伺機報復的可能性，他們當然會提高警覺了。」

「十一點——時間到了。要依照計畫出發嗎？」

「當然。」

就在塔里斯曼當家在遙遠的涅比利斯王宮裡參與會議的時刻。

……同席的愛麗絲會看住那傢伙。

……而我們則是趁著這個空檔入侵休朵拉的設施。

伊思卡一行人已經透過「霧」之星靈進入隱形狀態。

他們花了半小時入侵腹地，而在這之後還剩下三小時能維持隱形。

「我們走吧。」

黑髮隨從娜彌走在最前方，直直地朝著研究所的入口邁步。

雖然和站在入口兩側的私兵對上了眼，但兩人像是什麼事都沒發生似的，只顧著左右張望。

他們沒察覺到從面前走過的己方。

「真……真的沒察覺到咱們嗎……？」

「快點、快點，隊長，自動門要關起來嘍！」

「哇！音音小妹，等等我！」

就在自動門即將關上的前一刻，米司蜜絲慌慌張張地滑進門內。

自動門採用紅外線偵測體溫的設計。由於「霧」之星靈無法掩藏體溫，因此若是維持隱形的姿態接近，門扉就會自動開啟。

若要避免這種狀況，只要趁著其他研究員通過的時候悄悄跟上即可。

「好……好險。還好昨天有在旅館勤加練習……」

「有必要勤加練習的就只有隊長妳一個。」

「阿陣！」

「別喊這麼大聲啊，隊長。能消掉的音量也是有上限的。我們才剛潛進敵方的入口而已。」

陣指向一樓大廳。

在窗明几淨的櫃檯旁邊，站著和門口警衛同樣手握對講機的兩名私兵。而通往底側的走廊上也有私兵們在巡邏。

——休朵拉家的設施「雪與太陽」。

根據愛麗絲的說法，對方在中央州只有一處地點能用來藏匿妹妹。

女王已對所有門戶下達了搜查命令，而能免於列入清單的，就只有塔里斯曼當家直接管轄的據點，而那處據點正是這間研究所。

「哦～看起來和帝國的研究所挺像的。」

音音仰望著貼在一樓大廳的樓層平面圖。

星靈工學——

星靈研究雖在帝國被視為禁忌，但在皇廳裡卻是能堂而皇之進行的研究。

「呃……每間房的牆壁都相當厚實，大概是用來防範星靈失控的意外狀況吧。而這條巨大的輸送管，該不會是用來運送從地底的星脈噴泉抽出的星靈能量吧……」

「音音，晚點再做詳細調查。」

「可、可是，伊思卡哥，這可是一間比想像中更有模有樣的研究所呀！」

「……是沒錯啦。」

音音的辯解也有幾分道理。

私人軍隊的囤兵基地——雖然伊思卡得知的印象是如此，但無論是在走廊上行走的研究員，還是嚴格進行的入場管理，在在給人帝國軍方研究所一般的氛圍。

……這對我們來說反而有利。

……既然是打造得如此嚴謹的研究所，那能用來關押希絲蓓爾的地點就極其有限。

姑且不論塔里斯曼直接聘僱的私兵，他不認為數百名的研究員都知曉這次陰謀的詳情。

換句話說，關押公主（希絲蓓爾）的地方，是研究員無法進入之處。

像是私人軍隊的駐紮管理中心、地下電控室、垃圾場，或者是——

「如同事前預想是出乎意料的地點吧。」

陣凝視著樓層圖向身旁的隨從搭聲問道：

「頂樓的大房間是當家的私人房吧？作為關押地點來說，那邊的可能性最高。」

「是的。燐大人調查的結果也是如此。」

「**但是電梯不停頂樓**。」

一般人能用的電梯只能搭到十樓。

提供給工作人員的專用電梯則能搭到十四樓。通往可說是主要目的的頂樓——十五樓的路徑，並沒有寫在樓層導覽圖上頭。

「……也罷，主要目的暫且擱在一旁，先去地下搜索看看。」

陣看向位於一樓底側的專用電梯。

六人找到了其中一臺門扉大開的電梯，全數溜了進去。

——前往地下。

在電梯啟動的同時，音音對著天花板投以緊張的視線。

「欸，陣哥。剛剛走道上有監視器，應該沒拍到音音我們吧？要是沒拍到我們按下電梯按鈕的那一瞬間就好了……」

「沒必要在意這種事啦。電梯這種東西都是自動運作的，無法當作有人入侵的鐵證。」

陣雖然這麼回答，卻沒將目光移開頭頂上方的電子儀表板。

「喂，娜彌。『霧』的有效期間還有三個小時對吧？」

「是的。正確來說，是在下無法保證三個小時之後還能有效作用。雖說實際上有可能維持大約四個小時之久，但也可能會在三個小時又五分鐘後失去效力。這點連在下都無法精確掌控。」

「休息時間(冷卻)是兩小時對吧？」

「是兩小時又七分鐘。只要經過這段時間，就能再次發動了。」

「我知道了。」

在陣的話語聲甫落之際，大型電梯也停了下來。

——地下一樓。

厚重的金屬電梯門往左右敞開。而在看到前方光景的瞬間，音音和米司蜜絲隊長登時發出了驚叫。

「噫！」

「那、那個人是……！」

眼前是一批手持槍械的私人軍隊。

而身穿深紅色服飾的纖瘦老婦，則是被人高馬大的男子們包圍著，朝著己方逐步逼近。

——白夜魔女葛琉蓋爾。

她是襲擊露家別墅的刺客。雖說在別墅坍塌的同時也跟著不見蹤影，看來是被塔里斯曼的部下給救了出來。

那名魔女正朝著電梯邁步走來。

「…………阿、阿陣！」

「隊長妳別說話。沒事的。這些傢伙不是來堵我們的，只是來搭電梯而已。」

己方六人走出電梯。

而魔女和私人軍隊們則走進了電梯。

雙方在衣角幾乎要相碰的近距離擦身而過。而在伊思卡一行人轉頭看去時，載著魔女和士兵們的電梯已經往樓上移動。

「是**十四樓**啊。那位老婆婆會往樓上跑，背後八成有什麼打算吧，不過……」

陣直視著前方。

這裡大概是警衛的待命處吧，只見走道各處都站著手拿槍械的男子。

「原來如此。地面樓層得顧慮一般人的目光，所以拿的是反星靈盾牌；但只要躲進地下，就是握持殺氣騰騰的槍枝作為武裝也不要緊。由此觀之，這裡確實是私人軍隊的屆兵處。」

「——我聽到了好幾道說話的聲音。」

「回音」星靈使西詩提爾從私兵們面前橫穿而過。

「就說話內容來推斷，這裡一共有五間會議室，而其中有兩間較為寬敞。」

「連這種細節都能聽出來啊？」

「是的。而我們腳下——大概是地下二樓吧，聽得見微弱的喘息聲。那明顯與私兵們的氣息不同。」

所有人都倒抽一口氣。

「難、難道說，那就是希絲蓓爾小姐？」

「……我們去看看吧。」

聽到米司蜜絲隊長的低喃，伊思卡點點頭，加快了前進的腳步。

「雪與太陽」第十四樓——

走出電梯的白夜魔女葛琉蓋爾在無人的走道上邁步。

部下們則是接收她的指示在原地待命。

「哎呀，葛琉蓋爾婆婆，可以稍等一下嗎？」

「嗯？」

聽到身後傳來的搭話聲，瘦小老婦的肩膀微微輕顫。

「……是碧索沃茲啊。」

「是的～您看起來恢復得很好，讓我放心了呢。您頭上的腫包還好嗎？我聽說您被那個叫陣的帝國兵痛毆了一擊，現在還留有瘀青呢。」

也不曉得是何時現身的。

戴著顯眼耳針的紅髮少女原本斜靠在牆上，此時像是在嫌麻煩似的挺起身子，直接走到了老婦面前。

她直直盯著身形佝僂的老婦。

「嗯——」

「怎麼啦？不好意思，小丫頭可不合老身的口味，等過個四十年再來吧。」

「啊哈！」

魔女笑了一聲。

「什麼呀，原來是本尊。我還以為您是冒牌貨呢。」

「……什麼意思？」

「有異味。」

碧索沃茲用紙尖輕點了一下自己的鼻尖。

露出看似愉快的眼神。

「人家在變成『魔女』之後，就對星靈的味道非常敏感呢。婆婆妳的身子沾到了古怪的星靈能量，所以人家才會心生懷疑。」

「這裡可是星靈研究所，當然會有——」

「**那是人家在露家別墅聞過的味道**。婆婆，您今天走過哪裡了？有遇到可疑人物嗎？」

「哦？」

聞言，老婦斂起皺巴巴的眼角。

「很不巧，老身今天一直待在這座設施裡，剛剛才從地下一樓搭電梯上來。」

「哦？這麼一來，那些傢伙說不定已經成功入侵了呢。」

「妳說他們闖進了裝有監視器的這棟建築物？」

「那就代表對方擁有應對這種情況的星靈吧？既然能被露家相中選為隨從，那自然會有相當方便的能力。況且……」

碧索沃茲交抱雙臂。

她像是在思索著什麼似的凝視著半空沒挪動半步。

「婆婆，您說您是從地下一樓上來的對吧？」

「嗯。」

「人家記得**那傢伙**就藏在地下吧？喏，就是希絲蓓爾小妹的——」

「唔！」

老婦睜大眼睛。

原本瞇細如針的雙眼此時瞪得大如彈珠。

「他們要來搶人了嗎？」

「沒必要這麼大驚失色吧？總之先報告一下吧。」

碧索沃茲叫住了老婦。

「婆婆，您就去向塔里斯曼卿還有代理當家（米潔曦比）報告吧。她不愧是被選為下任當家的女人，擁有的力量也極為好用。」

她豎起食指。

指著頂樓的碧索沃茲低聲笑道：

「不過，以她那個喜歡受到人們注目的個性來說，就算不向她回報，她搞不好也已經嗅出異狀了呢。」

3

「雪與太陽」地下二樓——

伊思卡一行人抵達名為「資源堆積場」的垃圾放置處。

大型碎紙機在樓層裡迴蕩著轟轟噪音的情況下，到處都能看到堆積成山的紙箱；至於毀損的玻璃製實驗器材，更是連同箱子一起棄置在地。

只是一處單純的垃圾場。

理應不會安排人手看守的樓層此時卻能看見手拿槍械的警衛來回巡邏，而且天花板上還安裝了多得異常的監視器。

「西詩提爾小姐，妳剛才提到的微弱氣息是……」

「往這裡走，很快就到了。」

茶髮隨從穿過警衛的巡邏網。「回音」的星靈使少女轉頭看向走在身旁的米司蜜絲隊長，接著使了個眼色。

「就在那座垃圾山後面，那些紙箱堆的後方。」

「……希絲蓓爾小姐被關在那種地方嗎？」

「那不見得是希絲蓓爾大人，在下只是感應到了微弱的氣息。」

隨從收斂表情向前邁步。

紙箱被堆積成一座小山。在窺探後方的空間後，跟在米司蜜絲隊長身後的伊思卡不禁倒抽一口氣。

——那是一名被手銬銬住的老者。

他被束縛在鐵管椅上一動也不動。

老者緊閉雙眼，看似睡得昏沉；但伊思卡對他的側臉有印象。

……是那個老人。

……希絲蓓爾的隨從修鈸茲——原來他被帶到了這裡嗎！

他在前往王宮的途中失蹤了。

伊思卡原本以為他遭到休朵拉家刺客的襲擊，能在這裡查到他的下落實屬幸運。看來這裡確實是收容人質的地方。

「音音，記得拍照。」

「早就拍好嘍，伊思卡哥。音音我已經拍了十張照片，作為證據已十分充足。」

音音拿著小型相機說道。

她身旁的黑髮少女娜彌也看似興奮地握緊雙拳。

「西詩提爾，幹得好。假如隨從（修鈸茲）被關在這裡，就代表希絲蓓爾大人也——」

「嗯，不過……」

娜彌身旁的茶髮少女卻有些支吾其詞。

「我沒有感應到疑似希絲蓓爾大人的氣息。她或許不在這棟大樓的地下樓層。」

「既然如此，那就是地上樓層了。感覺頂樓就一副有鬼的樣子。」

這麼回答的陣仰首看著監視器。

「能知道那位老爺爺還活著確實是個好消息。音音，能把天花板上的那兩臺監視器處理一下嗎？有個幾十秒的空檔就夠了。」

「……不行。如果只是干擾影像的話還可以，但是『有人正在妨礙攝影機』的資訊還是會反饋給監控中心，這會使得音音我們的入侵遭到察覺。」

「既然如此，只好晚點再來了。在營救那位老爺爺的瞬間，就會有一批軍隊搜索起我們的存在，我們不可能在這種狀況下搶回希絲蓓爾。」

營救希絲蓓爾是第一要務。

之後還有餘力再來救助隨從。反過來說，若是情勢險峻，那他們也只能拋下隨從離開了。

「對吧，隊長？」

「……嗯。雖然感覺有些冷血，但咱們沒辦法同時營救這兩人喔。畢竟咱們的第一目標，是救助希絲蓓爾小姐。」

握有決定權的只有隊長一人。

嬌小的女隊長敦促露家的兩名隨從，伸手指向電梯。

「再來要往上搜索嘍。」

「……在下明白了。」

面有不甘的兩名隨從像是要甩去內心的迷惘之情似的用力轉身。

眾人穿過警備網，再次搭上電梯。

——目標是十五樓。

但是電梯只能搭到十四樓。

目前還不曉得該如何前往頂樓。

「剛剛的老婆婆（葛琉蓋爾）搭到了十四樓，代表咱們應該也得從十四樓開始搜索吧？」

米司蜜絲操作面板，讓電梯前往十四樓。

在高速上升的電梯之中，「回音」星靈使西詩提爾正豎掌附耳，閉上眼睛集中精神。

「西詩提爾小姐，有聽到什麼聲音嗎？」

「大多是警衛的交談內容；對於希絲蓓爾大人卻隻字未提。此外，在電梯移動的過程中，在下收集聲音的效率也會下降一些。」

八、九、十、十一樓——

中間的樓層被他們一概忽視。

雖說已透過霧之星靈隱藏身形，然而時間有限。他們沒有足夠的時間搜索每一層樓，因此必須嚴格挑選重點搜查的樓層才行。

——十四樓和十五樓。

白夜魔女葛琉蓋爾不久前剛前往十四樓。

而疑似是塔里斯曼當家的個人房，則位於頂樓的十五樓。

「還能再藏身兩個小時……」

伊思卡像是在說給自己聽似的這麼開口。

「目前還不曉得該怎麼前往頂樓，不確定是有專門的電梯，還是得透過逃生梯移動，又或許是其他的機關……」

「這只能靠人海戰術去找了；雖然我們也才六個人而已。」

陣接著伊思卡的話說道：

「抵達十四樓後我們就拆成三人一組分開搜索那層樓，尋找前往十五樓的方法。要是能找到剛才的老婆婆，那就輕鬆多了。」

電梯隨後停了下來。

在厚重的門扉開啟後，映入眼裡的光景和一樓大廳幾乎相差無幾。

走道打掃得相當乾淨，牆壁和天花板則是樸實無華。燦爛的陽光從大片的玻璃窗透入，醞釀著沉穩而溫和的氣氛。

「伊思卡哥，這裡會不會太安靜了？」

環顧走道的音音納悶地皺起眉頭。

這裡沒有士兵。

光是為了看守一個隨從，地下樓層就聚集了大量的警衛；但十四樓卻是一個人也沒見著，這反而給人不舒服的印象。

「這層樓除了我們以外，就沒有其他人了。還有——」

西詩提爾的低喃迴蕩在寧靜的樓層之中。

「**上方的樓層有一個人**。」

「一個人！咦……這、這是怎麼回事？」

「氣息和剛才的老婦（葛琉蓋爾）不同，而且沒有移動的跡象，所以如果不是遭到逮捕，就是正坐在椅子上吧。」

「……這次有很高的機率是希絲蓓爾小姐吧？」

米司蜜絲隊長仰望著天花板說道。

就狀況來說，對方是希絲蓓爾的機率非常高；然而那個男人肯定不會愚蠢到沒留半個人手看守人質吧。

「阿陣，你怎麼看？」

「如果對方有把握讓我們找不到希絲蓓爾，那麼撤掉人手也不是什麼奇怪的事。像是用上特殊的星靈術覆蓋整座樓層，或是用特殊的房間關押希絲蓓爾之類的。」

陣邁步打起頭陣。

走向無人走廊的底側。

「首先得找出入侵頂樓的方法。至於在上面的究竟是不是希絲蓓爾，就之後再來思考吧。」

陣很快便停下腳步。

他往眼前的十字型走廊的右方拐去，隨即焦躁地咂嘴一聲。

「……我原本是這樣想的，但對方也懂得故布疑陣啊。」

「咦？阿陣，那是什麼意思？」

「看了就明白了。」

在場全員循著陣的手指望去，隨即都說不出話來。

——那是一處隱藏通道。

那與露家別墅的祕道構造相同。牆壁的一部分被鑿出了空洞，還能窺見裡頭的螺旋階梯。

……是有人往上走的時候忘了把暗門關上嗎？不可能吧。

……難道是用來引誘入侵者（我們）的陷阱？若是如此，又為何要特地待在頂樓？

沒辦法立刻做出結論。

沒有任何人提出意見。為了打破籠罩在此的沉默，伊思卡朝著螺旋階梯跨出一步。

「我上去看看。」

「阿伊！沒、沒問題嗎……」

「我移動的時候當然還是會保持警戒。等我上去之後，隊長你們再跟上來。」

他快步踏上螺旋階梯，在三十秒內抵達了頂樓。

他穿過敞開的暗門——

「…………」

座落在伊思卡眼前的，是一條寬敞的走道。

而底側設有三個房間。

左右兩間應該是會議室；中央則有一扇門，看似精巧地與機械裝置相連在一塊兒。

「伊思卡哥，你那邊狀況如何？」

「我沒感受到立即性的危險。反而是我想問妳，妳覺得這東西是怎麼回事？」

「嗯？什麼、什麼？」

音音走上階梯來到伊思卡身旁，並且瞇細了雙眼。

她凝視著與中央門扉相連的機械裝置。

「呃，這邊的是光學終端機，所以……是三重認證呢。首先是偵測靜脈的人體認證，然後是密碼，再來是ＩＣ卡；要湊齊這三樣才能打開喔。」

「簡單來說，這裡就是那傢伙（塔里斯曼）的私人房間吧？」

陣對著站在最後方的隨從西詩提爾使了個眼色。

「妳說這層樓的氣息只有一個對吧？雖然我覺得沒必要多此一問，但那道氣息在哪兒？」

「…………」

茶髮少女伸手指向正前方。

是受到三重認證保護的門扉後方。

「氣息是從這間房裡傳來的。如果待在裡面的是希絲蓓爾大人，那是否代表沒配置看守，是因為防護得夠嚴密的關係呢……」

「天曉得。哎，如果是以入侵為目的，只要打壞門扉就好。雖說大概會被對方察覺吧。」

陣瞪了一眼天花板的監視器，聳了聳肩說道：

「就算看不見我們的身影，只要房門被毀，終究還是會被監視器拍到。如此一來，大樓的出口就會遭到封鎖，想逃出去可得多費一番工夫。若是要破門而入，我希望能百分之百確認在裡面的是希絲蓓爾。」

「……從呼吸聲判斷，我認為在房內的是一名『年輕女性』。」

隨從西詩提爾以慎重的神情這麼說道：

「在下能依據呼吸的深淺來判斷對方的性別。此外，根據年齡的高低，人類的呼吸速度也會有所改變。雖說還是有因人而異的部分，但在下認為對方是年輕女性的可能性很高。」

這與希絲蓓爾的特徵相符。

「那個……咱們不能在這裡潛伏一個小時嗎？」

米司蜜絲隊長輕聲開口說：

「我們還能躲藏一個半小時吧？即使是破門而入、救出人在裡頭的希絲蓓爾小姐並逃跑，也不需要用上三十分鐘的時間吧？所以人家覺得咱們還有一個半小時的緩衝時間，不如就利用這段時間在這裡伺機而動……大家覺得如何？」

等待某人打開這扇房門。

若能跟在那個人的身後走入房間，就可以免去破壞房門的風險，也不會被監視器拍到。

「阿、阿陣，你覺得呢？」

「以隊長來說，還真是個罕見的正經提案。妳是從誰那裡學來的啊？」

「是人家自己想的啦！」

「還不壞啊。要是有人抵達這層樓，就代表那個人肯定握有ＩＣ卡，也知道密碼為何吧？而我們也有機會出手搶奪。」

娜彌和西詩提爾也沒有異議。

在這一層樓進行埋伏，等待某人的到來——就在所有人都要點頭同意的那一瞬間。

一陣讓大地為之震撼的劇烈爆炸，令「雪與太陽」為之搖晃。

爆炸來自窗外。

在一道閃光竄過後，從地表漲裂開來的爆炸聲便劇烈地刺激起耳膜。

「什、什麼！有爆炸……？」

「是外面傳來的！」

轟隆聲之劇烈，甚至連走道上的玻璃窗都搖晃了起來。

眾人從窗邊向下看去，只見腹地被一片灰濛濛的煤煙包覆，還有噴竄的火星四處灑落。是被轟炸了嗎？

但這火勢實在太過強大，就連要確認腹地的狀況都十分困難。

「喂，我可沒聽說會有這種狀況啊。」

陣衝刺到窗邊。

「到底是誰，又為了什麼目的而轟炸這裡？」

「我、我們也不曉得！那應該與本次的作戰無關才是！」

露家的隨從們慌張地吶喊。

而在她們身旁——

「那是？」

伊思卡凝視著隱隱從爆風之中透出的光芒。

那不是火光。因為那道光芒正逐漸消散，彷彿融解在空氣之中。

「是星靈能量嗎！」

按此推測，這場爆發難道也是星靈術所造成的？

某個星靈使朝著這座據點發起了偷襲。若單就眼下情況來看，應該就是這麼一回事吧。

……等一下。狀況並沒有那麼簡單。

……要是對休朵拉的據點發起襲擊，就等於是和整個王室勢不兩立。

就連身為王族的愛麗絲也不敢輕易出手。

所以她才忍辱負重，向帝國部隊提出了委託。

既然如此，下方傳來的爆炸又是怎麼回事？

到底是誰做的？這種破壞的手法，恐怕只有不惜向太陽這支始祖血脈為敵的亡命之徒才做得出來。

「……是誰幹的好事？」

警報開始響起。

這時——

沒有任何人能釐清正確的狀況為何。

不只對伊思卡而言，就連對塔里斯曼當家來說，在「雪與太陽」裡逐漸萌發的異常變故，都是出乎意料的事態。

沒錯，他們自然無從預期。

這攻擊與謹慎的作戰或準備無緣——出自一名男子之手。而他只是為了單純的個人恩怨來到此地。

「用掌聲和喝采迎接我吧。」

在廣大的「雪與太陽」的腹地之中。

一名白髮美男子正蹲跨在塌毀得不成原形的鐵圍籬上，展露出傲人的風采。

他上身赤膊，只罩著一件厚重的大衣，打扮相當大膽。

「還以為當家(塔里斯曼)會在……看來他似乎在王宮裡啊。無妨。」

他有著英挺的眉目和輪廓深邃的五官。

數千數萬的火星就像是為他照映著舞臺的聚光燈似的，這名男子正氣宇軒昂地踩進太陽的地盤之中。

——超越的魔人薩林哲。

男子瞥了一眼急奔而至的私人部隊。

過去曾對女王涅比利斯七世展露獠牙的他，背對著烈火如此宣告：

「跪下。若是在此垂低脖頸，我尚且能饒你們一命。」

Chapter.5 「用掌聲和喝采迎接吧」

1

這星球上最為寬容的生物為何？
這星球上最為凶暴的生物為何？
這兩個問題的答案都是「龍」。
這種生物只棲息在星之祕境，由於實力強大得太過離譜，牠們鮮少有所行動。
就算人類的研究員伸手觸碰，或是在眼前發射火箭彈，牠們也依然兀自好眠。
然而，要是觸碰了「龍之逆鱗」，就不是這麼回事了。
據說一旦觸碰到龍的弱點——據說是全身上下唯一一片脆弱的鱗片——龍便會怒火衝天，將眼前的一片破壞殆盡。
——跟這道理一樣。
薩林哲這名男子的價值觀裡既沒有帝國，也沒有皇廳。

他只為了探究星靈這種物質的奧祕而活，除此之外——就算帝國軍向涅比利斯王宮發起襲擊，而休朵拉家在背後穿針引線，他都不會有所反應。

……理應是這麼一回事。

直到太陽的陰謀觸及他（薩林哲）唯一一片「逆鱗」的瞬間為止。

「我真沒用。事已至此，我甚至連藉口都無力尋找了。」

「我自認已付出了極大的努力做好女王應盡的責任……但我究竟是從什麼時候開始，變得如此脆弱不堪的呢？」

米拉受傷了。

不只是身體，就連心靈都受到了創傷。

「……三十年前也是這樣。但那時的我選擇了原諒。」

他被蒙上了襲擊女王的不白之冤，受到了言語難以形容的嚴刑拷打。儘管如此，他不曾湧上向太陽報復的念頭。

所謂的復仇，是情感被過往束縛時才會做出的行為。

這點與只直視未來的他所提倡的美學正好相反；然而——

「薩林哲。」

「我一直將你視爲唯一的宿敵。無論你以什麼樣的姿態與我敵對，我都爲一同度過的時光感到開心，也希望能和你一直在一起。」

他仍存在著不得碰觸的禁忌。

就像龍身上的那片逆鱗一般。

對薩林哲這名男子來說，她就是那樣的存在。

「太陽，你們太過不敬了。搞清楚點，這不是對女王不敬，而是對我的大不敬。」

這是——

超越的魔人在自己的人生之中，首次違反自己的美學宣告「復仇」的瞬間。

「你們到底是得到誰的許可，竟然有膽子敢對米拉動手！」

涅比利斯王宮多功能大廳——

就在始祖後裔們所召開的會議嚴肅地進行到一半的時候。

「休朵拉家的大樓發生了大規模的爆炸！」

愛麗絲發出的喊聲，尖銳地迴蕩在大廳之中。

「愛麗絲大人，您太大聲了。」

「可、可是……！」

被燐這麼一提醒，愛麗絲才終於回過神來。

傳來失火報告的地點，正是「雪與太陽」——也就是帝國部隊所入侵的休朵拉家據點。

……是伊思卡他們的打鬥所致？

……難道說，是他們潛伏的時候被人發現了？

就算想保持冷靜，陣陣湧上的不安卻只是讓心跳逐漸加快。

至於不幸中的大幸，就是藏不住驚愕的不只有愛麗絲而已。坐在後方的幾十名家臣和護衛們都和自己露出了相同的表情。

「事態相當嚴重呢。」

以沉穩的語氣開口的，正是身為受害的當事人——休朵拉家的當家。

即使疑似關押著希絲蓓爾的據點發生了大爆炸，他的眼神依舊老神在在。

「帝國發起襲擊後，至今還沒過上幾天。就算這一帶還潛伏著帝國軍的餘黨，也不是什麼奇怪的事。那邊那位。」

塔里斯曼看向氣喘吁吁的親衛隊。

這名年輕男子為了回報第一手消息，可說是馬不停蹄地直奔而來。

「據我的猜測，犯人應該是帝國士兵。立刻向警備隊——」

「不、不是的！」

「什麼？」

「是魔人薩林哲！那個從第十三（厄卡托茲）州逃獄後一直下落不明的罪犯！」

「……你說什麼？」

聽到這句話。

塔里斯曼掛在臉上的虛假微笑迸出了裂痕。

「這項資訊是否可信？不會是看錯了吧？」

「千、千真萬確。警備隊也正在拍攝現場照片！不過，我方已經將監視器所拍到的臉孔，和他入獄時留下的臉部資料做了比對……」

「結果完全吻合？」

「是的。」

「…………」

塔里斯曼不發一語地交抱雙臂。

而愛麗絲則是隔著桌子觀望著這一幕，並和隨從面面相覷。

「燐？」

「小、小的也是一頭霧水！我最後一次看到那名男子是在第十三州，而在那之後也沒人追查他的下落。女王陛下是否知——陛下？」

燐看向坐在愛麗絲隔壁的女王。

「……陛下？」

她沒有做出回應。

燐的說話聲沒有傳進她耳裡。女王的心思像是飄去了別處，側臉看起來十分茫然。

「……薩林哲，你究竟為何……」

女王細若蚊鳴地低喃。

「我們繼續會議吧。」

隨著「啪」的一道聲響。

塔里斯曼拍手說出的一句話迴蕩在大廳之中。

「既然查清了犯人，就有辦法收拾局面吧。對了，請容我推辭王宮的支援，憑藉我等的防守戰力就足以應付了。」

「**這不符合您的作風吧**？」

這麼回應的，是月亮家的假面卿。

原本一語不發的他冷冷地吊起唇角。而他身旁的黑髮少女——以眼罩遮住雙眼的琪辛則在一旁待命。

「那個惡名昭彰的魔人（薩林哲）為何會挑這個節骨眼發起破壞行動？若是平時的塔里斯曼卿，理當會追究起這個疑點才是。」

「…………」

「受到攻擊的好像是名為『雪與太陽』的星靈工學研究所對吧？那處設施為何會遭到攻擊？您應該有幾分頭緒吧？」

「窮凶極惡之輩的思路是一般人所無法想像的。」

塔里斯曼聳了聳肩。

「我完全不曉得為何會被他盯上。至於動機云云，只須將他緝拿歸案後再仔細調查即可。」

「哦？」

假面卿的話聲之中，摻雜了些許好奇。

「您打算活捉那名魔人？」

「我安排了充足的防衛人手。畢竟不曉得帝國部隊何時會現身襲擊啊。」

聽到兩人的互動——

「……唔！」

愛麗絲不發一語地咬緊牙關。

不對。

塔里斯所提及的「帝國部隊」並不是襲擊王宮的帝國軍餘黨，而是專指打算奪回妹妹的第九〇七部隊。

……既然警備狀況滴水不漏，就表示他早已做好迎戰伊思卡一行人的準備了吧。

……「雪與太陽」遭到鎖定也在他的預料之中。

然而，這究竟是怎麼回事？

她不認為這樣的時機是單純的偶然。

一度隱匿身姿的重刑犯(薩林哲)為何會挑在這個節骨眼現身？而他又會為何要攻擊「雪與太陽」？

2

休朵拉學院，尖端星靈工學研究所「雪與太陽」——

腹地裡有著宛如一片青海的廣大草原，洋溢著翠綠的生機——此時此刻，這片草坪卻被烈焰抹上了一片紅黑。

鐵圍籬扭曲變形。

被薩林哲的「疾風」星靈術撂倒的警衛們則是倒在周遭。

「你們挑錯齧咬的對象了，太陽。」

白髮美男子任由套在肩上的大衣隨風飛揚。

他在四下竄升的火星中，朝前方筆直地走去。

「若只是單純的洩憤未免太過無趣。你們既然為皇廳帶來了動盪，不如就讓我將你們的陰謀全數公諸於世吧？」

「雪與太陽」的一樓入口。

超過十名的私兵衝了出來。他們手持大型槍枝和反星靈盾牌，是一批專門對付星靈使的戰鬥人員。

「以管窺天也該有個限度。」

他對聚集在一起的士兵們一笑置之。

「連小角色都算不上的雜兵也想阻止我？你們是不是誤以為自己是舞臺上的主角？坐在觀眾席尾端的你們，只須為主角（我）送上掌聲即可。」

槍口對準了他。

薩林哲一臉嫌棄地眺望，同時嘆了口氣——

「喔，對了。」

他打了個響指。

「你們是塔里斯曼養的狗吧？**知曉『額我略祕文』位置**之人就自報名號吧，我會特別允許你站上舞臺。」

一陣沉默。

舉槍的私兵們無人回應。畢竟他們連那個名詞所指為何都不曉得，更遑論知或不知了。

「哈哈！就是這麼回事。你們根本就不受當家信任。」

魔人嘲笑道。

「夠了，我已經看膩你們的臉了。速速消失——」

「星星充斥著怒火。」

紫羅蘭色的火焰——

煤灰飛舞的草坪迸出裂痕，並從龜裂中竄出火牆。火牆化作圓頂狀的結界包圍住薩林哲。

「這是……星炎嗎？」

薩林哲的雙眼迸出璀璨光芒。

這道火焰並非星靈術。而是凝縮大量的星靈能源，藉以產生熱能，並以火焰的形狀現形。無論是水還是寒風，都沒辦法撲滅這道熊熊燃燒的烈火。

而這正是百年前將帝都化為灰燼的火災來源。

「由星炎打造的牢籠……是打算用這個將我隔離開來嗎？」

「錯了，這是你的墓碑喔。」

在紫羅蘭色的火牆上，冒出了一團人類大小的影子。

嗓音如少女的開口者——

並不是人類。

「在此對你執行火刑。觸犯了禁忌的重刑犯，就該可憐兮兮地被火焰淨化。」

看似頭髮的物體凝固出紅寶石般的金屬光澤；一絲不掛的她那身宛如少女般的肉體也通透得宛如玻璃。

「超越的魔人薩林哲？哎呀呀，你看起來還挺稚嫩的呢，而且還是人家喜歡的男子漢。就這樣燒掉你未免太可惜了。」

「…………」

「哎呀，怎麼突然就不講話了？人家的這身姿態就這麼有魅力嗎？」

「**妳就是那個實驗體嗎**？」

「唔！」

薩林哲的一句低喃，讓非人少女睜大雙眼。

「你指的是什麼東西呀？」

「少裝蒜了。」

白髮美男子環顧星炎圓頂一圈後繼續開口說：

「第三次統合『人與星靈的統合』——能完成這一階段的人類，就能超越星靈使的次元，抵達前所未見的境界。然而，綜觀星球的歷史，能憑一己之力抵達這個境界的僅有兩人。也就是**始祖涅比利斯與天帝詠梅倫根**。」

「————」

「但是再過不久，我就會成為第三人。而休朵拉家的血脈從數十年前起，就反覆嘗試用人為抵達那層境界的實驗，妳就是其中一個實驗體吧？」

寄宿著星靈的人類會成為星靈使。

如此一來，若是——

讓星靈超越「寄宿」的範疇，與人類「融合」的話會發生什麼事？

「畢竟我在三十年前也親眼見識過啊。那人不是妳，而是比妳更早誕生的前期實驗體。而那也是當年襲擊涅比利斯七世的真凶。」

「啊，原來你連這些都知道啦？」

非人少女坦率地承認道。

「你該不會連人家的資料都掌握到了吧？」

「我不曉得，也沒興趣。」

「人家是碧索沃茲。如你所知，我差不多要擺脫人類的身分了，但能請你別用『實驗體』那種晦氣的名字稱呼人家嗎？」

「真是狂妄的願望。」

他環顧著呈圓頂狀延燒的紫羅蘭色火焰。

「居然要我記住妳的名字？區區下女也敢如此冒犯，還是認清自己的身分吧。」

「人家說不定知道『額我略秘文』的所在之處喔？用這種口吻說話真的好嗎？」

「反正八成在這棟大樓的頂樓吧？」

薩林哲瞥了火牆一眼，發出一記冷笑。

「我一說出『祕文』兩字，妳就慌慌張張地現身，在我闖入大樓之前設置結界將我隔開，甚至不惜打出星炎這張王牌。」

「…………」

「太嫩了。以為這麼做就能騙過我的眼睛嗎？」

「唉～真可惜。」

魔女碧索沃茲輕輕一笑。

從她全身上下滲出的星炎，隨著「轟」的一聲膨脹開來。

「你知道得太多了。我還滿喜歡你的長相，所以原本打算溫柔地將你折磨一番，但現在只能將你立刻化為焦炭了。」

「區區一個實驗體，口氣倒是挺大的嘛。」

「我就告訴你這位過氣魔人一件好事吧。你的時代早就結束了。你雖然還妄想在這個時代爬上舞臺大顯身手，但寫給你的劇本早已到落幕階段了喲。」

「妳一點都不明白啊。」

魔女以譏諷的口吻嘲笑道。

而超越的魔人則是承受著這些話語，依然保持著悠然自得的態度。

「我不需要爬上舞臺，而是所到之處皆為我的舞臺。所以我一開始不就說了嗎──『用掌聲和喝采迎接吧』。」

「雪與太陽」十五樓——

於塔里斯曼當家的個人房門口處。

第九〇七部隊和兩名隨從正愕然地遙望下方的光景。

雖說飛舞的火星和煤灰遮蔽了視野，但還是能看見握持槍支的士兵們衝出倉庫和大樓。

「欸、欸，阿陣！既然警衛是往外迎戰，就代表咱們還沒被察覺到對吧……」

「看來是這樣沒錯。雖然不曉得是不是偶然，但除了我們，似乎還有別的瘋子到場啊。」

陣將手貼在玻璃窗上。

他雙眼眨也不眨地俯視著下方——

「就狀況來看，這場爆炸應該和我們有所關聯才是。妳們應該是真的不知情吧？」

「我、我不是說過不曉得了嗎！」

霧之星靈使娜彌像是在甩動黑髮似的用力搖頭。

「燐大人不可能選用如此粗暴的手段。說起來，若是打算硬闖大樓的話，就根本不需要用上在下的星靈……」

「那會是誰幹的？」

「要、要是知道的話，就不會在這裡傷腦筋了！」

「——等等，娜彌，妳安靜一下。」

另一名隨從西詩提爾打斷了同僚的話語。

她為了集中精神閉上雙眼。擁有回音星靈的她，是在場唯一能勉強聽見地表聲響的成員。

接著——

「……**薩林哲！**」

她所喊出的名字，讓伊思卡懷疑自己是不是聽錯了。

他聯想到的只有一人——那不就是第十三州監獄塔裡最讓人聞風喪膽的魔人之名嗎？

……不對，我記得那傢伙……

……應該在逃獄成功前被押了回去才對。這是怎麼回事？

為何會在這裡聽見他的名字？

「薩林哲？陣哥，那是誰呀？音音我沒什麼印象耶。」

「我也不曉得啦。既然記不太清楚，那應該只是個小人物吧。」

「他才不是什麼小人物呢！」

娜彌大吼道：

「那個人——薩林哲是我國最最最最邪惡的罪犯！他在三十年前入侵王宮，襲擊了當時的女王七世，是窮凶極惡之輩！西詩提爾，妳八成是聽錯了……」

「地面上的警衛是這麼喊叫的。」

擁有回音星靈的隨從西詩提爾緩緩睜開眼睛。

「我們固然摸不清頭緒，但敵方警衛想必十分混亂。然後，米司蜜絲隊長，若要把握時機的話，就得趁現在了。」

「妳要我變更作戰計畫嗎！」

「是的。敵方陣營陷入混亂，對我方來說是絕佳良機。」

塔里斯曼的個人房——

眼見西詩提爾伸手指向有三重防護的大門，米司蜜絲登時斂起嘴角。

「妳的意思是，在警衛全數衝向屋外的現在，大樓裡面缺乏人手，所以咱們現在就是稍微亂來一點，也不會招人察覺？」

「是的。就算被對方察覺，肯定也會以為是魔人所為。在下認為，立刻救出希絲蓓爾大人並逃離這棟大樓，是現在的最佳策略。」

「……我知道了。阿伊，你辦得到嗎？」

「我這就毀掉它。」

一閃。

以拔刀術的要領出鞘的黑鋼之劍，將門扉砍出一個能讓一人進出的大洞。

天花板上的監視器也被陣的手槍悉數破壞。

「音音。」

「包在我身上！」

音音衝進門扉的破洞，從房間內側解除門鎖，讓厚重的房門一舉打開。

——前往塔里斯曼的個人房。

就在伊思卡踏進房間的瞬間，他嗅到了墨水的味道。

那是寬敞如會議室的一間大房。

而牆邊則是豎立著一座座與天花板同高的大型書架。

……這裡是研究室？

……不對，是他（塔里斯曼）的書房嗎？

架子上收錄著與星靈研究有關的文獻、古老語言學、天文學，甚至連哲學類的書籍都有。

光是一座書架就收藏了超過一百本以上的書籍。而這間房被數十座書架包圍的光景，在在給人圖書館一般的印象。

「希絲蓓爾大人！」

黑髮少女娜彌扯開嗓子環顧起房間各處。

「希絲蓓爾大人！我們來救您——」

在房間最深處。

嘰……

被強烈陽光直射的該處，一張原本背對眾人的椅子緩緩旋轉。

椅子看起來十分奢華，似乎是塔里斯曼當家的私人物品；而在椅子轉了半圈後，坐在上頭的人物側臉也跟著清晰了起來。

「還真是見外呀。要是有事前預約，我至少會招待你們喝杯茶。」

一道豔麗的嗓音。

出聲的人是琉璃色長髮相較於天空，顏色還要更為鮮豔的少女。

「噢，原來如此。明明門自己開了，卻看不到人影。這應該是『霧』之星靈或其衍生種吧？居然連監視網都能闖過，妳擁有的星靈還挺稀有的嘛。」

她有著輪廓深邃的五官，以及看似成熟的面容。

她換了隻蹺起的腳，刻意露出修長白皙的大腿。就連這樣的舉動都像是經過精心計算似的，顯得雍容華貴。

這種高貴之美，和自己認識的愛麗絲和希絲蓓爾如出一轍。

「……她是米潔曦比公主。」

西詩提爾啞著嗓子喘息道。

待在身後的她，朝著伊思卡的背部說道：

「在下所感應到的呼吸聲並非出自希絲蓓爾大人而是她。是我失算了。」

「就是她嗎？」

她流有休朵拉的血統。

也是在決定入侵「雪與太陽」之際，就被燐列為警戒對象的純血種。

——米潔曦比．休朵拉．涅比利斯九世。

她被視為太陽的下任接班人，極少離開塔里斯曼的身邊。

而她的能力是……

「米潔曦比公主的星靈名爲『光輝』。」

「那是相當特殊的力量。雖說類似的星靈極少，但據我所知……」

伊思卡憶起從燐那兒聽來的情報。

就在這一瞬間。

「——真教人不快。」

劇烈的閃光刺激著眼皮。

近似陽光的強烈光芒，從純血種米潔曦比額上的星紋發射而出——這是強大星靈能量具現化後的模樣。

……這道光芒是怎麼回事！

……說是釋放星靈能量的話，這能量也太驚人了！

刺眼的光芒讓視野變得一片白，連想睜眼都很困難。

「看來我的意志沒能傳遞過去呢。我是在要求你們現身呀。我明明懷抱著微小的慈愛之心靜候著，你們卻踐踏我的好意。」

啪！

琉璃色頭髮的少女姿態柔美地打了個響指。

「那就立刻處決你們吧。」

馬達運轉的聲響傳來。

圍繞著伊思卡一行人的書架，冒出了全方位——總數有數十之多的大量槍口。

每一支槍口都是從厚重書本的間隙之中伸出。

「……什麼！」

在場全員這才明白。

這裡並不是塔里斯曼當家的書房，而是刑場。

「這種光線槍能射出積蓄在裡頭的星靈能量，合計有二十四門。雖說還只是這個設施的試做品，但威力可以掛保證。畢竟能量來源是我的星靈呀。」

純血種（米潔曦比）伸出手指。

她指向房間中央——也就是伊思卡等人正巧站立的位置。

「永別了。」

「趴下！」

純血種冰冷的宣言，被伊思卡的喊聲打散。

星靈之光疾射而出。

伊思卡揮動黑刃，斬斷了會貫穿己方軀體的所有光線。至於沒能斬斷的光線則是擦過肩膀，使得伊思卡的肩膀滴下紅色水珠。

「哎呀，總算有一個人露臉了呢。」

看到現出身形的伊思卡，少女吊起了嘴角。

在剛才的一瞬間——

為了斬斷來襲的光線，他使出全力翻躍身子，超越「霧」之星靈所能隱藏的速度上限。

「只有你一個人？還是說，有其他隱形的同伴中槍倒地了？想對霧之星靈手下留情還真不容易呢。」

「快撤！」

伊思卡對著隱藏身形的五人吶喊道。

「你們先撤出這棟大樓！」

「阿伊！」

「如果只有我一個，之後還能想辦法跟上。快點！」

伊思卡也看不見五人的身影。

大概是因為他脫離了霧之星靈的影響範圍吧。不過，背後傳來的氣息還是告訴他有好幾個人朝著房間外頭衝了出去。

……頂樓沒有希絲蓓爾。

……關押在這裡的只有隨從修鈸茲而已。難道希絲蓓爾已經被移送到其他地方了？

和收穫相比，這次作戰的損失更多。

畢竟他們在對希絲蓓爾的去向一無所知的情況下，遭到了對方察覺己方的入侵。

「我不會放你們走的。」

辦公桌上——固定式電話的外接按鈕，這時正頻頻閃爍著強烈的光芒。

是以全體警衛為對象的通訊系統嗎？

米潔曦比想必就是趁著剛才的一瞬間空檔按下按鈕的吧。

「話說回來，小偷先生啊。你不妨放棄那些同伴們——」

休朵拉家的公主以優雅的身段站起身子。

「和我做個交易吧。我可以讓你苟活下來，只是從今而後得侍奉在我身旁。」

「……妳說什麼？」

「那個魔人想要的是『這個』對吧？」

別在耳朵上的耳環——

美麗的少女以指甲彈了一下設計成太陽造型的飾品。

「那個蹲了好幾十年苦牢的男人為何會知曉我們的機密，實在教人好奇。你就裝作是成功逃離這裡，問問他是怎麼知道『額我略祕文』的存在吧。」

「什麼？」

不對勁。

這個公主在說什麼？

……我們是來搶希絲蓓爾的啊。

……那個「額我略祕文」是什麼東西？和薩林哲有關嗎？

雙方的思路沒有交集。

伊思卡早已預期對方會知曉帝國部隊的真實身分。

然而米潔曦比的視點卻又有所不同——

魔人薩林哲襲擊「雪與太陽」的這種局面下，讓她認定**入侵頂樓之人必然是魔人的手下**。

——雙方的判讀出現了零集合。

對伊思卡來說，他實在不懂這位下任當家（米潔曦比）的提案背後有什麼意圖。

「……妳在說什麼啊？」

「嘖！」

聽到伊思卡的低語，米潔曦比登時咂嘴一聲。

這位聰明的公主看到伊思卡的反應便立刻明白——眼前的入侵者並非薩林哲派來的刺客。

「是我判讀錯誤了。你是星星的刺客呢。既然如此，這也就表示外面的魔人真的是偶然現身於此的？」

她向前伸出右手。

以纖細的五根手指直指伊思卡。

「變更計畫。果然還是讓你立即消失比較好。」

二十四門槍口綻放光芒。

凝縮了星靈能量的光線——被黑之星劍全數掃開。

「居然將光給斬斷了！豈有此理……！」

少女倒抽一口氣。

「原來如此。你該不會就是前使徒聖伊思卡吧？碧索沃茲在報告的時候，可是難得地支吾其詞。你好像把她狠狠地教訓了一番呢。」

「我記不得了。」

「真是無禮之人……雖然想這麼說，但我原諒你。」

純血種米潔曦比的雙眼綻放出光芒。

這一瞬間，公主全身上下迸發出極為強烈的星靈之光，連伊思卡都不禁向後退了幾步。

——前所未見。

沐浴了這道光芒之人，會在強大的壓迫感底下產生無條件屈服的念頭。

「唔！這道光就是『光輝』嗎……！」

「聽說你和**那個**愛麗絲莉潔交手後還活了下來啊？真有意思。如此強大之人，究竟會發出什麼樣的哭號聲呢？」

嗜虐的笑容。

琉璃色頭髮的魔女將細長的眼眸彎成新月狀，然後張開雙手。

「我是米潔曦比．休朵拉．涅比利斯九世——好啦，就讓我展露這世上最為高貴的力量給你們瞧瞧！」

「雪與太陽」——

一行人跌跌撞撞地衝下與頂樓相連的隱藏階梯。

「……狀況相當不妙。」

走在最前方的黑髮少女娜彌以苦澀的口吻咒罵道：

「雖然不曉得他們是否事先為薩林哲的襲擊做了準備，但希絲蓓爾大人不在此地，恐怕是被移動到其他的地方了吧。更糟糕的是，在頂樓伏擊的偏偏是那個女人（米潔曦比）……！」

「還有另一件糟糕事吧？我們的身影已經藏不住了。」

陣從背後答腔道。

霧之星靈——與背景同化的力量，只要施加對象的速度超過時速六公里，就會立即失效。

眾人剛才以全力衝下階梯的速度，恐怕早已遠超過星靈的限制了。

「就算能從這隱藏階梯一路往下衝去，在抵達一樓大廳的時候，我們就會立刻被看見。要在警衛聚集的狀況下強行突圍嗎？」

「這……」

「噓！娜彌，別說話。」

茶髮隨從西詩提爾一臉嚴肅地向上望去。

上一層樓——原本應為牆壁的構造隨著一聲巨響遭到轟飛，並有一道道黑影從牆壁的另一側竄出來。

「是親衛隊！和其他的私兵不同，他們都是米潔曦比的親信！」

「所以他們才會知道那條祕道存在啊？喂，該怎麼辦？要直接衝到一樓，和那幫傢伙開戰嗎…………嗯……？」

陣瞇細了雙眼。

「那道光芒是怎麼回事……」

他凝視著戴著防風罩的三名親衛隊——的背後。那是從背部隱約透出、亮度有些詭異的刺眼星靈之光。

曙光。

幾乎要灼傷眼皮的強烈光芒，就像貼附在親衛隊的背部一般。

「喂，娜彌、西詩提爾，那道光是某種星靈術嗎？」

「……那是……」

「喂？」

「**情況非常危險**。各位，請用全速往下方衝去，絕對不要停下腳步！」

娜彌大吼道：

「他們身上的光芒是『光輝』的紋章，也就是米潔曦比的星靈術！那些親衛隊已經從她那兒授予了力量！」

「……妳說什麼？」

「就如燐大人解釋過的那般，我們絕對不能和米潔曦比及她的護衛交手……若是正面對決，我們絕對毫無勝算！」

兩名隨從像是嘔血似的放聲大喊，各自抓著音音和米司蜜絲的手向前狂奔。

「這麼說來，她確實曾經提過這件事。那個就是她說的能力嗎？」

他將一度握持的狙擊槍再次扛上肩膀。

而在幾天前——燐也曾提供了公主（米潔曦比）星靈的相關情報。

「我等雖然擁有的資訊也不多……」

「但據傳米潔曦比公主的『光輝』能散播自己的星靈能量，藉此強化他人的星靈。」

就像促使植物生長的陽光那般。

純血種米潔曦比的星靈能透過自身散發的光芒，讓其他人的星靈力量暫時提升到極限。

「我曾聽聞有些匪夷所思的傳聞……在某處的戰場上，她似乎曾造就了相當於十名始祖後裔的戰力。」

「妳說什麼！」

「她因而獲得了一個『活星脈噴泉』的外號——雖然感到不甘，但身為下任女王候補之一的她，確實有著如假包換的實力。」

滴！

傳來了某物彈開的聲響，隨即光芒乍現。

「不妙，快蹲下！」

就在陣發出怒吼的同一時間——

化為光柱的巨大雷擊，轟飛了眾人所立足的隱藏階梯。

＝

涅比利斯王宮──

女王的個人居所「星塵摩天樓」──

在這個皇廳的開國始祖──一世代代傳承下來的女王專用居所中。

「愛麗絲，作戰可有進展？」

「……沒有，女王。派去營救妹妹的部隊尚未傳來消息。倘若出事的話，應該會透過燐向女兒傳話才是。」

在能讓四人圍坐的桌旁。

愛麗絲正與女王兩人獨處，閱讀著放在桌上的資料。這是燐為了營救希絲蓓爾的作戰而謄寫的資料。

這份資料僅是備份，正本已經交到第九〇七部隊手裡。

「燐果然很有一套呢，不只是『雪與太陽』的構造，連休朵拉家私兵的裝備都在掌握之中。她還刪減了不必要的情報，只留下了精簡的字句。」

「燐說，這都是拜借了女王的智慧之故。」

「我只是幫忙商量了幾句而已。畢竟我不知道的事情也多如山高。就好比……太陽的公主米潔曦比，我對她的星靈知情甚少。畢竟休朵拉家也鮮少讓她在檯面上展露實力。」

顫動！

女王說出的這句話，讓愛麗絲不禁挑起了一邊的眉毛。

……沒錯。燐也提出了相同的意見。

……她也認為看守妹妹的說不定就是她（米潔曦比）。

然而，過度的揣測反而會作繭自縛。

就算妹妹真的被關在「雪與太陽」中，會在場迎戰的對手也充滿了變數；而愛麗絲也這麼交代過第九〇七部隊。

「女王，女兒有一事感到不解。在剛才開會時傳來的報告——」

「妳想問薩林哲的事對吧？」

「……是的。」

超越的魔人薩林哲是襲擊前任女王的凶惡罪犯。

在聽聞那名男子與女王有過一段奇緣時，就連愛麗絲也藏不住臉上的訝異之情。

「女兒不明白魔人襲擊休朵拉家設施的理由，也不覺得這和妹妹的事件有關……女王，請問您可有頭緒？」

「非常遺憾，我也是一頭霧水。那名男子究竟在想些什麼呢……」

坐在愛麗斯身旁的女王無力地搖搖頭。

「自從三十年前的那起事件和他絕交後，我就一直無法理解他的心情。因為我們原本尚稱親暱的關係，在那之後就隨之消散了。」

一陣短短的沉默。

浮現在女王嘴邊的，是帶了點自嘲的笑意。

「既無法阻止帝國的襲擊，女兒（希絲蓓爾）也遭人擄走，甚至在今天的會議上也無法鎮住家臣們的不安，我真是個不及格的女王呢。」

「唔！母親大人，絕無此——」

「但我也無須顧影自憐。畢竟我有個引以為傲的女兒呀。」

「…………」

「我有預感，下任女王將會決定皇廳的未來——」

月亮和太陽想必都覬覦著下任女王的寶座吧。

一旦月亮勝出，便會與帝國爆發全面性的戰爭。

雖說太陽的目的尚未明朗，但他們不僅勾結了帝國軍，更一度試圖刺殺女王，因此能肯定他們會帶來一波巨大的變革浪潮。

「我以母親的身分拜託妳。愛麗絲，妳絕對不能輸。妳要是在女王聖別大典敗陣下來，那麼皇廳說不定會就此覆滅。」

「女王，女兒也同樣對未來抱持著悲觀的想法。不過……」

愛麗絲將手伸向桌面。

她輕輕將手掌疊在母親的手上。

「如果女王不能再支撐一陣子的話，女兒會很頭疼的——因為女兒還有必須要以公主的身分跨越的難關。」

「妳的意思是？」

「首先是營救希絲蓓爾。身為女王卻連自己的妹妹都救不回來，豈不是滑天下之大稽？」

自己已經察覺到了。

在女王謁見廳裡，看見女王和姊姊伊莉蒂雅遭到使徒聖砍傷時自己受到的衝擊——

被這一幕勾起內心怒火的自己在無法冷靜思考的情況下，向伊思卡發出宣戰布告——

她再也不想重蹈覆轍了。

她已經受夠了足以讓人失去理智的怒意以及無力的悲嘆。

「這是女兒思考後做出的選擇；只不過那可能和女王的理想有些出入就是了。」

第二公主（愛麗絲莉潔）打算走上的道路——

並不是以女王作為第一目標，而是以公主的身分守護女王（母親）和妹妹。

就算——

這並不是當上下一任女王的最短路徑，她也在所不惜。

……況且，塔里斯曼當家，你的判讀出現了巨大的疏漏。

……你還沒有認清全貌。

沒有認清名為伊思卡的這名劍士。

而這個皇廳（國家）也尚未認清——那名男子是唯一被愛麗絲莉潔·露·涅比利斯認可為「勁敵」的存在。

Chapter.6　「閃閃發光的拂曉少女」

1

「雪與太陽」的頂樓——

不對勁。

回想起來，打過照面後伊思卡的內心就一直有一股揮之不去的困惑。

……這個公主……

……**渾身是破綻**啊。這不就是呆站在地嗎？

純血種米潔曦比——

她背對著巨大的玻璃窗張開雙臂，全身上下則是散發出宛如曙光的劇烈星靈能量。

就只是如此而已。她似乎沒打算將這股能量轉換成星靈術的意思。

「好啦，就讓我展露這世上最為高貴的力量給你們瞧瞧！」

美麗的少女用力甩動琉璃色的長髮，以吟唱的口吻說道。

要來了。

就在伊思卡擺出架勢的同時，映入他雙眼的並非星靈術——

而是從天而降的士兵。

戴著面罩、看似守護公主的一名士兵，從十五樓天花板的洞孔中一躍而下。

……從上面來的？

……難道說，這裡還不是頂樓嗎？

這棟大樓有隱藏的樓層。

他們一直相信十五樓就是頂樓。而在這樣的刻板印象影響下，寄宿了「回音」星靈的隨從西詩提爾也因而沒有察覺從更上方處傳來的氣息。

「妳就成為我熠熠生輝的『軍隊』吧。」

米潔曦比伸手觸碰全副武裝的士兵背部。

「轟」的一聲，彷彿火焰燃燒的聲響響起。

與米潔曦比額上星紋相同的徽記，宛如聖光一般從背後照耀著武裝士兵的同時——

「——光輝。」

視野染成了一片朱紅。

親衛隊手中閃爍的火之星靈驀地膨脹開來，釋放出來的烈焰將伊思卡和書房一同吞沒。

好幾十座書架就這麼化為焦炭。

在爆風的肆虐下，玻璃窗被震碎得不留原形，無數碎片灑向遙遠的地面。

「嗯～還算差強人意的威力呢。大概強化了三個等級吧？」

米潔曦比公主綻放著微笑。

用以分隔房間的牆壁被炸得粉碎，天花板和地板也全數炭化。她環視著眼前的光景說：

「但火力沒有好好調節過呢。難得星靈受到強化，假如不能操控自如，就會變成反噬己身的雙面刃喲？」

「吾主，真是非常抱歉。」

以面罩覆蓋面容的武裝士兵回答道。那是一道細柔得教人訝異的年輕女聲。

她凝視著自己的掌心說：

「……這就是我真正的星靈術。」

「感覺很暢快對吧？沒錯，妳的星靈已經獲得足以和始祖後裔（我們）並駕齊驅的美妙力量嘍。」

米潔曦比撥開蓋住額頭的瀏海。

像是在展露閃閃發光的星紋似的。

「好啦，前使徒聖先生，你還是快快起來吧。你還打算在地上裝死多久？」

光輝燦爛的拂曉魔女展現出同時帶有喜悅和輕蔑的笑容。

她指著微微隆起的瓦礫堆說：

「碧索沃茲曾說過，一旦和你交手，她就沒有絲毫的勝算。就算看似倒地、看似沒了氣息，甚或把你的身體大卸八塊，都還是會懷疑你根本沒死呢。」

「……說得真難聽。」

「喀啦」一聲……瓦礫崩落。

伊思卡推開壓在肩膀上的瓦礫，從焦黑的地板站起身。

「什麼！都被那麼強烈的火焰燒到了——」

「安靜。」

公主斥責了部下一聲。

「哦，你真的還活著啊？我原本只是半信半疑地虛張聲勢，還好沒白費力氣呢。你該不會真的是不死之身吧？」

「怎麼可能。再說我剛才那樣也不是在演戲。」

他勉強忍住了用力咳嗽的衝動。

由於吸進了煤灰與濃煙，喉嚨痛得難受；而瀏海之所以貼附在額頭上，想必是因為額頭滲血的關係吧。

……剛才的爆炸是米潔曦比的星靈術所為？

……不對，是她身旁的士兵手中所噴出的火焰。

伊思卡並沒有輕忽大意。

燐雖然描述過和米潔曦比的「光輝」有關的情報，但在這一瞬間，伊思卡將這些資訊從腦海中盡數抹去。

從零開始重新認知。

這名純血種的力量，說不定遠比燐所告知的內容還要危險得多。

……將力量授予部下的星靈？

……這太誇張了。根本不是描述那般溫吞的玩意兒啊。

那火焰的規模之強，是伊思卡從未見識過的。

即使是星靈部隊的隊員，其威力也頂多就是能讓軍用車燃燒起來的程度。那絕對不是能讓這數百平方公尺之廣的樓層化為火海的力量。

「在探知我的力量嗎？身為前使徒聖的你，應該擁有不少和星靈有關的知識吧？不過呀，知識愈多，就愈容易把持不住想像力，讓自己深陷五里霧之中呢。」

米潔曦比額頭上的星紋——

顏色為深紫色，形狀為扭曲的放射型圖案。

帝國軍方所記載的紀錄中，沒有任何一種與之相符。

「所以說，你就懷著滿腹疑竇消失吧。」

米潔曦比下達旨意。

又一人從天花板的洞孔中躍出。一名全身穿著防火服的親衛隊降落在地。

那名親衛隊背上也散發著強烈光芒的「光輝」星紋。

「……居然還有後援！」

而且還是已經授予力量的狀態。

就在兩名親衛隊將雙手攤開的同時，隨著「嗡嗡」的刺耳聲響，好幾十顆的光球浮現在樓層之中。

「是浮雷嗎！」

指向性火焰彈。

會朝著**正後方之外**的所有方向灑出火焰。除了施術的星靈使之外，這種殲滅型的星靈術會燒盡一切。

——破碎。

爆風將伊思卡所踩著的地板撕成了薄片，被高溫灼燒的天花板也逐漸融解。

煤灰與濃煙。

讓人無法呼吸的高密度熱浪四下狂吹著。

「嗯～是不是有點太浪費了？只是對付一個刺客就用上了兩名『軍隊』，對他的待遇似乎太好了點呢。」

純血種米潔曦比。

站在她左右兩側的親衛隊，雖然都是實力平平的火之星靈使，但在沐浴過光輝的星靈之力後，就能將力量增幅到極限。

——因此才有「活星脈噴泉」這樣的稱號。

受到米潔曦比公主寵愛之人，全都能化身為實力能與始祖後裔並駕齊驅的「拂曉軍隊」。

「你們往下搜。要是能抓到露家的隨從，就是我的勝——」

「那可難說吧？」

白刃劈裂煙霧。

在一旦呼吸似乎就會燒爛肺部的熱浪之中，伊思卡屏息飛竄出來。他僅僅一個跳躍，就從兩名部下的身旁穿過，來到了米潔曦比的面前。

「……居然連這招都擋下了！」

雙方有著同樣的條件。

就像自己不曉得米潔曦比的能力為何，米潔曦比也不曉得白色星鋼之劍的力量。伊思卡發動在第一波攻擊時砍掉的業火，造出了一道氣牆。

這道氣牆阻斷了浮雷的熱浪——

「妳以為幹掉我了嗎？」

「……保護我！」

就在伊思卡拉近距離的前一刻，米潔曦比公主慌慌張張地蹬地一踢。

僅僅差了一步。

在部下們的攔阻下，伊思卡的劍刃險險地揮空。

「真可惜呢。」

「和我預測得一模一樣。」

「唔？」

米潔曦比的冷笑消失了。

理應只是劃破空氣的劍尖，此時正鉤著某個物品。那是有著太陽模樣的金黃色飾品——

「居然是我的耳環！」

「**妳說這叫『額我略祕文』對吧？**」

雖然參不透其中的涵義，但這件飾品藏著重要的祕密。

而伊思卡的這般直覺——

透過米潔曦比公主激動的反應轉變為確信。

……不會有錯。

……這耳環藏著某個天大的祕密！

因此公主才會貼身攜帶，並為薩林哲的襲擊做了周全的準備。

「該死的！」

「——我們做個交易吧。」

在親衛隊伸手之前，伊思卡已經跳入了黑煙之中。

他在朦朧的煙霧中藏起身影——

「太陽應該早就知道我們的要求為何。好好記在心上吧。」

伊思卡全力衝出。

目標是地上一樓，接著便是逃出這棟大樓。

2

尖端星靈工學研究所「雪與太陽」——

就一般狀況來說——

由星靈術產生的火焰，會在幾分鐘內自然消失。就算是以猛烈的火勢將草坪燃成一片火紅，也不會引發巨大的火災。

然而——

星靈能源的結晶——「星炎」卻不一樣。只要星靈之力沒有中斷，那不管等上多久的時間，這道火焰也絕對不會消失。

這是無敵的火焰。

「啊哈、啊哈哈哈哈，真是個大傻瓜啊！」

紫羅蘭色的圓頂結界——

由星炎打造的「永不熄滅」的結界內側，迴蕩著非人之物的妖豔嬌笑。

「人家不是早就說過，這種三腳貓的功夫根本奈何不了我嗎！」

那是宛如龍捲風般的疾風。暴風圈內肆虐著能將帝國戰車撕碎成破銅爛鐵的真空波，而有著少女外型的影子（輪廓）則是從中高高躍起。

魔女碧索沃茲。

就算用風刃瞄準她的側腹，或是想砍下她的腦袋，那身宛如玻璃打造的半透明肉體卻一滴血也沒流。

「喏，給我燒起來吧！」

紫羅蘭色的火焰拋擲而出。

一旦觸碰這道火焰，就會劇烈地燃燒起來，直到對象化為焦炭才會熄滅。這世上最為恐怖的火焰彈正直逼而來。

「真是滑稽啊。」

與之面對的，是超越的魔人薩林哲。

「只是能操控這種火焰，就足以讓妳如此開心嗎？」

白髮美男子沒有挪動半步，只是對踩穩在地的腳尖略略施力。

轟——！

隨著一陣地鳴，大地向上竄起，一尊土之巨人像出現在眼前代替薩林哲承受來襲的星炎。

「別把骯髒的火焰亂扔啊，汙穢至極。」

熊熊燃燒的巨人像有了動作。

即使被星炎灼燒著，它仍對著魔女舉起了巨大的拳頭。然而——

「礙事。」

碧索沃茲只是隨手一揮，土之巨人像就隨之消滅。

土壤的熔點約為一千度。

塑造出巨人像的土塊承受不了星炎的熱量，化為岩漿狀融解殆盡。

「這道火焰很美妙吧？」

碧索沃茲向前伸出手掌。

自掌心迸出的火焰確實就像一朵綻開的紫色花朵美麗動人。

「星靈使是使不出這種火焰的。就算是身為始祖後裔的王室、就算是實力再強大的星靈使，也同樣辦不到呢。」

「…………」

「這就是宿命呀。區區一介星靈使，豈有勝過成功與星靈融合的『魔女』呢？」

紫色的花瓣飄揚飛舞。

星炎在空中分解，隨即化為數百道光線向下灑落。只要稍稍被這道光線擦到，就免不了化為火柱。而一旦被星炎燒到，就算強如薩林哲，也沒有撲滅的手段。

「看來蠢貨也還是有點小聰明啊。」

薩林哲在周遭顯現出冰之盾。

十二枚藍色裝甲接連承受著紫羅蘭色的光線。盾牌正面承受著強大的能量，相互抵消——

……滋滋！

傳出了冰塊融化的聲響。下一瞬間，隨著一道高亢的響聲，十二枚盾牌同時碎裂殆盡。

「嘖！」

薩林哲移動了。

不對，**他被迫移動了**。

他以強勁的腳力踢蹬大地，朝著旁側跳去。而貫穿了盾牌的光線則是掠過了他剛才所在的地方，距離他的臉頰僅只數公釐之遙。

「這下你明白自己和人家的差距有多大了嗎？」

碧索沃茲俯視著向後飛退的白髮魔人，將雙眼瞇細得宛如新月。

她以嘲弄的口吻說道：

「你的『水鏡』之力早就是人盡皆知了。你曾奪走超過一百種以上的星靈，讓王室感到戒慎恐懼；但你能奪走的力量頂多只有一半。換言之就是些烏合之眾吧？」

「…………」

「這種小把戲——」

「夠了，別再說話了。都快被妳傳染蠢病了。」

膩了。

白髮美男子像是在宣示著這樣的心情似的嘆了口氣。

「缺乏思慮、毫無教養、也不懂得互探虛實，重要的是毫無氣質。若是當家或許還不會讓我失望，想不到妳竟會是這等下女。」

距離為二十公尺。

在雙方勉強能聽見彼此話聲的距離下，薩林哲對著非人少女這麼宣告：

「我只是在確認三十年前的怪物是否和妳有著完全相同的性質。實力的差距？說起來，我至今都還沒展示過一絲一毫的實力吧？」

「你可真是會說笑。」

魔女的手中綻現出星靈之光。

那並非紫羅蘭色的光芒。倒不如說這才是她原本的——

「人家一點也不過癮呢。用星炎把你燒成灰然後說再見，這未免太乏味了。人家就特別大放送，用『魔彈』送你上路吧。」

「無聊透頂。」

薩林哲轉了轉脖子。

他像是在注視著路邊的小石般，露出了絲毫不感興趣的眼眸。

「這座舞臺──」

這時，「雪與太陽」的大樓內部傳出了轟隆聲。

牆壁塌毀、玻璃窗碎裂殆盡。

劇烈得宛如要扎破耳膜的破壞聲響，甚至傳達到了包圍兩人的星炎圓頂中。

「是頂樓傳來的嗎？」

「米潔曦比，妳在這種緊要關頭搞什麼鬼啊！」

薩林哲皺起眉頭。

至於魔女則是咬緊下唇，怒瞪著發生了大爆炸的大樓頂層。

「……難道是帝國部隊下的手？居然在這種時候──」

「地爆的星靈啊。」

魔人的掌心浮現出星靈之光。

對魔女碧索沃茲來說，被「雪與太陽」引開注意力的那一瞬間便是她最大的失誤。

「醒來吧，讓你的憤怒直上雲霄。」

地盤被徹底掀翻了。

這影響的並非地表，而是從地底深處的地盤湧現的星之胎動。

沙土高高噴竄，將路面的車輛像是乒乓球般甩向高空，並將魔女轟出星炎的範圍外。

「咕唔！」

碧索沃茲衝破星炎結界，重重地砸在「雪與太陽」的三樓外牆上頭。

她的肉體並沒有留下任何外傷。

但在術者離開結界的瞬間，圓頂狀的星炎便立即失去了勢頭，最後消失殆盡。

「就是這麼回事。要毀掉星炎（這玩意兒）的手牌要多少有多少。」

「……你以為自己走得了嗎！」

「真難看啊。妳這隻怪物就只學會怎麼大吼大叫而已嗎？」

對於努力將身子從牆壁瓦礫中脫離的魔女，薩林哲沒有投予一絲一毫的關心，而是朝著大樓的正面門扉邁步走去。

眼前沒有攔阻的警衛。

這是因為私兵們都被地爆星靈炸得七葷八素，腹地中已經沒有任何一人還能站起身子了。

「好啦，這可真有趣。『額我略祕文』應該藏在頂樓——也就是那傢伙（塔里斯曼）的私人房裡吧？」

剛才的大爆炸。

位於頂樓高度的牆壁從內側遭到爆破，瓦礫如今依然紛紛向下掉落。看到這副光景，魔人不禁稍稍壓低音量。

「會是什麼人？難道有鼠輩比我早一步入侵其中了？」

＝

「雪與太陽」十五樓——

伊思卡頂著濛濛濃煙，朝著隱藏階梯衝去。

而呈現在伊思卡眼前的，是向下延伸的螺旋階梯——但支柱已經從中斷折，而階梯也被燒融焚毀。

在幾分鐘前，他才剛踩過這道階梯抵達十五樓。

「騙人的吧……到底發生了什麼事？」

他踩著半毀的階梯朝下方跳去。

每當踩上一階階梯，就會傳來「吱軋」的金屬扭曲聲，而階梯也會重重地搖晃。這道階梯恐怕隨時都有崩毀的危險。

……不是待在那間房裡的親衛隊所射出的火焰，這是其他的星靈術所為。

……若是如此，難道對方的目標是米司蜜絲隊長一行人？

米司蜜絲隊長他們平安無事嗎？已經順利逃跑了嗎？還是說——

唰！

這時，伊思卡的鞋子碰到了純白色的雪之地毯。

雪？這棟大樓裡面居然會積雪？

「這也是星靈術！」

他連忙跳過雪之地毯。

這時，就像要追殺伊思卡一般，「雪之士兵」從大量積雪中竄出。士兵握著與鋼製長槍幾乎別無二致的銳利雪之長矛，瞄準伊思卡的背部出手猛刺。

「是雪之巨人像啊。」

會被一槍貫穿——

而就在即將中槍的前一瞬，伊思卡回身一斬，以星劍彈開了槍尖。

「哎呀，你就是還沒逃出去的帝國士兵嗎？」

在視野的下方——

一名身穿紅服的老婦攤開雙手，像是在歡迎踩著階梯向下衝去的伊思卡似的。

「你是前使徒聖……是叫伊思卡來著？」

「……白夜魔女（葛琉蓋爾）！」

塔里斯曼的親信之一。

她是記載在帝國司令部的通緝名單「魔女名冊」上的大人物，而伊思卡也聽說過這名老婦曾參與了露家別墅的襲擊。

……這種大人物居然會在這種節骨眼上現身！

……這可不是開玩笑的，我可沒時間在敵方據點的正中央開戰啊！

這並不是殲滅戰，而是撤退戰。

在查明希絲蓓爾不在此地後，他們只剩下逃出大樓這項使命。

「小子，你想知道同伴們現在是什麼下場嗎？」

「沒興趣。」

伊思卡衝下階梯。

老婦在階梯下方等候，而她腳底的積雪在這時竄飛起來。白雪像是活著的生物一般，朝著樓梯的支柱飛去——

嘰！

階梯的扶手和支柱隨即被扯得扭曲變形。

「妳打算弄垮階梯嗎！」

「這種做法快又有效吧？」

階梯崩塌。

螺旋階梯伴隨著轟隆聲坍塌崩毀、化為瓦礫，宛如瀑布般灑向數十公尺底下的地面。

「……可惡！」

立足點消失了。

伊思卡將劍插進牆面，勉強讓自己不至於向下摔去。

「居然黏在牆上嗎？也罷，這也在預料之中。」

滋滋……某種龐然大物挪動的氣息傳了過來。

伊思卡抬頭看去，只見一條沿著牆面爬行的雪之大蛇緩緩舉起脖子瞄準了他。

而白夜魔女則是站在白蛇的頭部位置俯視著自己。

「你這下動彈不得了。雖然還想多看幾眼，但老身和你的同伴有些過節，還是儘快解決你，趕去追逐那一邊才是上策。」

雪之大蛇張開了嘴。

它張開血盆大口，接著宛如原木般的巨大長槍便從喉嚨的深處鑽出來。

「射穿他。」

「……唔！」

長槍宛如砲彈一般疾射而出。

貼在牆上的伊思卡無從迎擊，因為星劍正刺在牆裡。於是——伊思卡握著星劍，蹬牆一躍。

在長槍射穿牆壁的同時，伊思卡已經不在牆上了。

他身在空中。

此時已經沒有扶手或是地板。身在半空的他，只剩下摔落數十公尺這個結局。

「往下跳？打算自殺嗎！」

「我可沒打算開玩笑。」

他順著重力向下墜落。

隨著一陣突如其來的金屬碰撞聲，伊思卡的下墜之勢也跟著戛然而止。

——照明燈。

那是貼附在牆面上，唯一能夠作為著地目標的「立足點」。

「唔————！士兵！」

雪之大蛇在空中裂解。

雪塊轉化為數十個有人類大小的士兵，朝著踩踏著立足點的伊思卡扔出無數長槍。

不過，伊思卡的選擇早已快上一步。

「喝！」

隨著一聲裂帛般的呼聲，他往牆壁揮劍砍去。

金屬打造的牆壁被砍出一個大洞，而另一側則是暗門。雖說用金屬板加以掩藏，但此處確實存在著用以離開螺旋階梯與重回大樓的隱藏入口。

「既然在這種地方裝了燈，肯定就代表附近設置了暗門。」

「唔……該死的使徒聖！」

「如果這裡是戰場的話，我就會和妳過招了。」

他穿過暗門，回到「雪與太陽」的樓層之中。

伊思卡降落的地點位於八樓。

二樓到十四樓的樓層幾乎都是同樣的構造。由於這裡是一座星靈研究所，因此絕大部分的樓層都分隔出無數實驗室用以研究。

……距離地面還有七層。

……接下來可不好辦了。我該怎麼往下跑？

雖說甩開了白夜魔女，但情勢並未好轉。

『入侵者一名。目前於八樓徘徊。』

『如今已派出警衛隊出面鎮壓，請研究員立刻避難。』

「可惡，果然有監視器嗎！」

聽著緊急廣播的伊思卡咂嘴一聲，再次向前衝去。得從往下移動的兩種手段裡挑一個——也就是搭乘電梯，或是從提供給所有人使用的階梯逃跑。

電梯能搭嗎？

當然不行。在開門的瞬間，他就會被等候許久的私兵們持槍射成蜂窩。

「……結果又得走樓梯啊？」

他前往中央階梯。

這裡和狹窄的螺旋階梯不同，能同時容納數十人跑上跑下。然而，如此寬敞的樓梯間，此時卻是一個人影也沒有。

……沒人？這怎麼可能？

……不是有好幾十個警衛在地下樓層待命嗎？

之所以看不見研究員，是因為他們都躲在房間之中，但警衛呢？他們不可能不抽出人手前來巡視這座巨大的階梯才是。

從八樓衝向七樓。

從七樓衝向六樓。

直到抵達五樓的時候，他還是連一個警衛都沒遇到。為什麼？

假如名為薩林哲的魔人出手襲擊是確有其事，難道是將私兵的主要戰力都調去對付他了？

不對。

「……他們應該很想把這個搶回去才對。」

伊思卡的懷裡收納著被米潔曦比公主稱為「額我略祕文」的耳環。

他們會傾全力搶回這個東西。

既然如此，之所以看不見私兵，是因為他們來不及集結戰力到這座階梯嗎？

也可能早已集結完畢——

「**但不想讓他們遭受波及，所以禁止他們靠近！**」

他做出了選擇。

伊思卡捨棄繼續跑下樓梯的選擇，而是從中央階梯再次折回大樓走廊。

他做好會一頭撞見士兵的心理準備，離開階梯踏進走廊——

下一瞬間——

宛如落雷一般的轟然巨響從身後炸裂開來。

啪啪啪……

輕柔的掌聲傳進寬敞的十字形走廊。

「就差兩秒。」

接著是腳步聲。

然後，從十字形走廊的另一端，傳來了少女端莊優雅的嗓音。

「就只差兩秒而已呢。要是你還留在中央階梯（那邊），我就能解決掉你了呢。」

「…………」

「我太小看你了。我採納了碧索沃茲的建言，從頭到尾都沒有輕忽大意。但我錯了。光是提高警覺對你還不夠管用。」

從走廊逐漸逼近的，是宛如璀璨明星一般的光芒。

與太陽之血十分匹配的純血種——

「唔，妳的……」

「哦，這個嗎？我一旦氣急敗壞，就會變成這樣呢。」

拂曉少女米潔曦比。

發生在這名美麗少女身上的異變，讓伊思卡說不出話來。

此時鮮豔的琉璃色長髮被全身上下迸發出來的星靈能量吹得豎起，看起來宛如一條條竄動的活蛇。

就像是擁有蛇髮的傳說怪物——「石化之眼女神（美杜莎）」。

「能把你偷走的耳環還來嗎？」

「妳打算和我談個交易嗎？」

「不是。」

她展露與塔里斯曼一樣沉穩、如千金小姐風範般的柔和微笑——

驀地，她的身影消失。

「只要行使暴力，從變成一團爛泥的你身上搶回來就得了！」

宛如爆炸聲的腳步聲響起。

純血種米潔曦比以驚人的爆發力逼近，甚至讓伊思卡的衣服被風壓颳起。

「光輝——『太陽神的引導』。」

「原來是**那種**星靈嗎！」

常人所無法做到的爆發力。

伊思卡總算明白米潔曦比那謎團重重的星靈究竟有著什麼樣的能力了。

……這**不是**將星靈能源授予他人的能力！

……其真正的能力，是「操控」接受力量之人！

接受力量的代價，是要服從術者。

這個星靈能力能夠強化星靈使，同時也能稍微洗腦對方。

如今，米潔曦比肯定將這場戰鬥交付給自身的星靈，而她也因此獲得了強大的肉體能力。

然而——

「好啦——」

「這樣還是太慢了。」

少女的動作停了下來。

原本要向下砸落的右手肘擊，被伊思卡從側面以劍柄一舉打歪。

「唔唔唔唔唔！」

「妳太小看使徒聖了。」

「……真是讓人愈來愈火大了呢。要是能讓我碰上一根指頭，就能抹消你的意識了！」

米潔曦比按著紅腫的手肘朝後方跳開。

就在伊思卡要反守為攻的那一瞬間——

「叫魔，吼叫吧。」

米潔曦比下達旨意。

——怨！

宛如敲打鐘鑼的巨響直接衝擊耳朵，讓伊思卡腳步一晃。

這並不是疾風。

「唔唔唔……是……**聲音**嗎……？」

胃部作嘔、雙眼暈眩，大量的唾液以咳血之勢直衝口腔。

這是震撼三半規管的音波攻擊。

人類要是沐浴在強烈的「聲音」之中就會驟失平衡感，甚至沒辦法維持站姿，就這麼失去意識。帝國軍方雖然也開發出所謂的音波兵器，卻顯得相形見絀。

畢竟，這可是受到米潔曦比的光輝提升過威力的星靈術。

「帝國士兵，你可要感到驕傲。」

公主露出了淒厲的笑容。

雖然肘部腫起的劇痛令琉璃色頭髮的魔女冷汗直冒，但睜大雙眼的她，正散發著讓人不寒而慄的魄力。

「我集結了軍隊。為了解決一個小兵，居然讓我花了這麼多工夫——吼叫吧！」

獲得了光輝之力變得極為強大的親衛隊，從通道的最底側竄出來。

然後發出咆哮。

啪哩！

叫魔星靈所產生的咆哮，將走廊的玻璃窗接連震碎。

「聲音」的特性是最為棘手之處。由於音波會胡亂藉由大樓的牆壁和天花板進行反射，因此就算手握星劍也難以將其斬斷。

「……挺有一手的嘛！」

在平衡感遭到擾亂的狀況下，他甚至無法奔跑。伊思卡以接近四肢著地的姿勢用力蹬地，衝進了眼前的房間。

這裡是一間星靈研究所。

由於實驗室也做好了氣密設計，因此只要關上房門就能有效阻絕聲音。

……若想逃離音波的攻擊範圍，就只能這麼做了。

……然而，這代表我也被關進了密閉的空間之中。

房門的另一側有米潔曦比和她的軍隊。他們很快就會打開房門，一鼓作氣地湧入吧。

就在伊思卡做好覺悟的同時，他的左側——

牆壁的另一側傳來了古怪的劈啪聲響。

「接下來是爆炸嗎！」

厚實的牆壁變得通紅、膨脹。

爆炎——

隔壁房引發的大爆炸摧毀了牆壁，朝著伊思卡橫掃而去。牆壁碎片在受到爆風加速後，像是機槍的子彈般刺中了伊思卡的肩頭。

「痛……！」

「還沒完呢，我的軍隊可不止這點本事。」

用以分隔兩間實驗室的牆壁遭到摧毀後，純血種米潔曦比便領著五名軍隊從粉塵的另一端跳進來。

「業火！」

火焰浪濤將視野染成一片通紅。

然而，這是伊思卡在頂樓見識過的星靈術。在火焰觸及之前，他便以黑色星劍橫掃虛空。

火焰隨之破裂。

浪濤被伊思卡劈成了左右兩股，將實驗室的地板和牆壁燒成了焦炭。

「我可是差點沒命啊。就算再不情願，也會記住這道業火。」

他反手握住白色星劍。

伊思卡左手一揚，手中的劍垂直地劃過虛空。

——星之解放。

他「解放了」被黑刃斬斷的業火。染紅了房間的浪濤，這回撲向了米潔曦比和她的軍隊。完全重現。

斬斷的星靈術愈強，白色星劍能解放的威力也會隨之增強。

「——真凝眼。」

火焰漩渦中綻放起拂曉的星靈之光。

「『風暴』啊，掃蕩吧！」

那是這星球最為強大的「翻天覆地能量」。

那既非閃電，也不是火山爆發或是地震，而是巨大的風暴。這陣風暴化為守護米潔曦比的盾牌，在一瞬間抹消了業火。

而打算趁機拉近距離的伊思卡也遭到彈開，整個人被甩在後方牆上。

「風之屏障……連防禦用的軍隊都準備周全嗎？」

「該死的雜兵！別讓我花這麼多時間在你身上！為了搶回被你奪走的耳環，是打算要我耗費多少力量……！」

頭髮倒豎的魔女(米潔曦比)逐步走近。

她的眼神和口吻都已判若兩人。原本像是和煦春光一般沉穩的面容，如今卻像是照耀沙漠、讓草木枯萎的毒辣陽光。

「快點去死吧！」

「恕我敬謝不敏。」

他站起身子，以手背擦拭破皮的嘴唇。

……這個公主。

……確實強得不像是開玩笑的。

速度太快了。

比起讓一個純血種施展五種星靈術，由五個純血種各自擊發一種星靈術肯定更為快速——而米潔曦比的「拂曉軍隊」的真正價值，就體現在這樣的理論上。

若是從帝國軍的觀點來看。

獨自一人的米潔曦比頂多只是「需要提防」的程度。

然而一旦加上了「軍隊」，那就是放眼涅比利斯皇廳，純血種米潔曦比肯定也是接近頂尖實力的人物之一。

「又多了一件得向司令部報告的事啊。但也要我能活著回去才行。」

他依序瞪向逐步逼近的六人。

米潔曦比公主和固守在旁的五名部下。

「用全力給我上。就算把耳環弄壞了也無所謂，把那個男人消滅得不留痕跡！」

琉璃色頭髮的少女用力揮落右臂——

「給我上！」

一切都發生在同一時間。

米潔曦比下達指令，五名「拂曉軍隊」以全力施放星靈術。

伊思卡做出的反應。

以及——

大氣在兩人之間破裂開來。

夾帶著閃電的旋風突然四下肆虐，將樓層裡的所有牆壁接連開出大洞，並悉數將之掃平。

「……什麼！」

「這、這是怎麼搞的！」

伊思卡和米潔曦比同時回過頭。

閃電伴隨著刺耳的「滋滋」聲奔竄而過，而狂風則是吹起堆積在地板上的大量沙塵。

眼前被染成一片沙色，只能看見幾公尺遠的前方。

……這不是米潔曦比的部下幹的。到底發生了什麼事？

……不對，別迷惘。我沒有多餘的時間思考！

伊思卡撕裂令人發嗆的白色濃霧，蹬地衝了出去。

這裡不是戰場。

首要任務是逃出大樓。

他背對著米潔曦比公主狂奔。只過了短短數秒他便衝出房間，以背部感受著狂風推擠的壓力跑過走廊——

而在強風和沙塵之中，「某人」和伊思卡擦身而過。

「嗯？」

「……咦？」

兩人雖然同時回頭，卻被揚起的塵埃遮蔽視野，只能隱約看出彼此的輪廓。

是研究員？

還是米潔曦比的部下？

伊思卡無從確認「某人」的身分，只能這麼沿著逃生梯向下跑去。

＝

「雪與太陽」中央階梯四樓——

「你這……過氣的魔人！少一副跩個二五八萬的態度了！」

「嗯？我還以為是誰，原來是妳啊。」

薩林哲俯視著人在遙遠下方發出吶喊的魔女，然後發出一聲冷笑。

那是一名吊起眼角的紅髮少女。之所以能從外套底下窺見雪白的大腿，是因為她在外套底下一絲不掛的關係吧。

薩林哲對她沒有印象。

但對嗓音倒是有點記憶。

「哈哈！這可真是滑稽。妳是連忙變回人類的姿態嗎？看來妳不想對這棟大樓的研究員展露出妳的醜態啊。」

「給我閉嘴待在那裡！我馬上就衝上去給你好看！」

「這就叫不敬的舉止。」

魔女碧索沃茲氣勢洶洶地衝上階梯。但薩林哲沒在原地乖乖等待，而是伸出了右手，讓星靈之光飄浮起來。

「我已經看膩了妳的臉孔。」

水鏡星靈。

這是能將奪得的星靈昇華到更高境界的「揚棄」之力。

——風與雷的星階唱。

大氣為之扭曲。

隨著刺耳的「滋滋」聲，閃電瘋狂顫動，狂風在轉瞬間撕裂了碧索沃茲立足的地板和牆壁，將之噴上高空。

「唔！」

風與雷。

融合兩種星靈所形成的未知星靈術不給魔女(碧索沃茲)有任何判斷的機會。狂風封住了她的行動，而雷擊則是貫穿了全身上下。

「消失吧。」

「……我……絕對……要教你……真正魔女的……恐怖！」

魔女被甩向窗外，接著向下墜落。

而「雷電風暴」尚未止歇。這陣風暴相繼擊倒五樓的所有分隔牆，並以雷擊招呼休朵拉的所有私兵們。

看著原本還是地板的部分化為沙塵——

「打算用那種話來詛咒我嗎？」

薩林哲對魔女的話語嗤之以鼻，直直走上五樓。

沙塵瀰漫。

然而走沒幾步路後，煙塵的另一端便有一道小小的氣息逼近。

是誰？

動作俊敏得驚人。

就在薩林哲察覺到那股氣息並轉頭看去的時候，那人已經來到了面前——

而那個不知名的人物隨即化為一道疾風，掠過了他的身旁。

視線被強風和煙塵阻擾，能見到的只有輪廓。

薩林哲沒花費心思思索那人的真實身分。若是有私兵衝殺上來，他自然不會手下留情；但追逐與自己擦身而過之人，便有違自己的美學。

更重要的是——

對現在的他來說，這棟大樓裡還有個更讓人愉快的敵人擋在前方。

「那個琉璃色的頭髮……喔，我曾聽說過一些傳聞。」

薩林哲瞥了一眼從煙塵中現身的少女，然後吊起嘴角。

那是冷笑，同時也是嘲笑。

「米潔曦比．休朵拉．涅比利斯九世。妳是太陽的下任當家對吧？」

「……又多了一個不請自來的客人。」

看似成熟的少女輕巧地用手向上梳理自己的瀏海，彷彿是在炫耀額頭上那枚閃耀著強烈光芒的星紋。

「我不會詢問你的名字。雖然是初次見面，但叔叔大人經常提起你的事。你溜出監獄塔後就一直沒有留下蹤跡呢，想不到居然會出現在這裡。」

「哦？」

「你的目的是『額我略祕文』嗎？要是我說：『真不湊巧，那東西已經不在這裡了。』不知你會作何反應？」

太陽的代理當家米潔曦比摸了摸自己的耳朵。

「那個被早你一步來到此地之人搶走了。」

「……什麼？」

「我差一點就能搶回來了呢。剛才的那個是你的星靈術嗎？你還真是在最糟糕的時候出手妨礙我了呢。」

「原來如此。那麼——」

美貌出眾的男子吊起嘴角。

「那我換個說法。把真正的祕文交出來。」

「唔！」

「太陽透過實驗造出了實驗體（怪物），而妳居然說記錄了詳細內容的祕文遭人奪走了？笑死人了，那頂多就是複製了少許資訊的贗品吧？我想要的是正本。」

男子俯視著緊咬下唇的少女。

雖說以米潔曦比的年紀來說，她確實有著能媲美模特兒的高挑身材；但這名魔人——薩林哲仍硬生生比她高出一個頭。

「…………」

少女垂下臉龐，不發一語地握緊雙拳。

接著——

「每個人都非得把我逼得如此急不可耐嗎！」

強光乍現。

米潔曦比公主全身上下噴發出近似星脈噴泉的強烈光芒，將琉璃色的長髮吹得向上翹起。

「你這個不肯退場的魔人！事到如今，就算你還掙扎著爬回現世，也不過是個裝模作樣的冒牌魔人！我就讓你明白，在王室血脈面前，你就只是一道消逝的霧靄！」

「真讓人聽不下去。」

白髮美男子的回應，是傻眼至極的一聲嘆息。

「『尊貴並不依附於血脈，而是寄宿於理念』——仗勢著與生俱來的強大星靈驕矜自滿，失去了上進之心的頹廢之人，何以自稱王室？」

「你真敢說啊。」

「讓我回妳一句——**妳這裝模作樣的冒牌王室**，不許對我如此放肆。」

超越的魔人薩林哲。

他這「超越」的名號，便是在展露「超越王室」的野心。

——唯一。

——他（薩林哲）唯一允許以「勁敵」身分存在於世的，只有三十年前的那名少女（米拉）。

除此之外的一切。

對這名白髮男子來說都只是不成氣候（無所謂）的存在。

「正本藏在頂樓是吧。」
「我才不會讓你上去。我會讓你葬身於此！」
公主咆哮——
讓「雪與太陽」為之震撼的強大星靈能量，從碎裂的窗戶竄飛而出。

3

涅比利斯皇廳中央州郊區——
星靈研究所「雪與太陽」現在依舊被濃煙所包覆，而圍住腹地的鐵圍籬外圍已經聚集了好幾百人。
其中包括想靠近現場的好事之徒和採訪記者。
以及抵達現場鎮壓狀況的警備隊。除此之外，月亮家的刺客也來到了休朵拉家的據點，試圖調查破壞的情形——
「我抵達現場了。」
『夏諾蘿蒂，狀況如何？』

「嗯～……這下沒辦法調查耶。我只能看出『雪與太陽』的建築物正在燃燒，而其中毀損得最嚴重的是頂樓……以及五樓吧？雖說每扇窗戶都噴出了濃烈的黑煙，但實在掌握不到裡頭發生了什麼事耶。」

『那個魔人呢？』

「完全沒看見他的蹤影。還有，周遭看熱鬧的群眾和記者實在太吵了，我連警備隊在說些什麼都無法聽見呢。」

簡單來說，就是束手無策。

手握通訊機面露苦笑的，是混進民眾之中的金髮女子。

夏諾蘿蒂．葛雷高里。

她曾以帝國軍機構第三師隊長的身分混進帝國軍，但真實身分其實是佐亞家的諜報員。自從身分在謬多爾峽谷曝光後，她便返回皇廳繼續聽令行事。

『太陽的幹部呢？可有看見代理當家米潔曦比的身影？』

「這我也一無所知呢。」

她用手指捲著自己的金色捲髮。

「既然傳出那名魔人闖入大樓的目擊情報，現在大概正在和米潔曦比進行一場驚天動地的大戰吧。」

『若是如此，就能拍攝到珍貴的戰鬥影片了呢。』

「不行、不行，我辦不到啦。說起來我根本進不了大樓，而且就算真的能溜進去，我這種三腳貓實力也沒辦法靠近那樣的戰場啦。」

其中一方是始祖後裔。

另一方則是襲擊前任女王的魔人。

對夏諾蘿蒂來說，她並不想捲入這次的戰鬥之中。

「如此這般，我提議就此撤退，您覺得如何？」

『妳放棄得還真快耶。』

「這是極具戰略意義的撤退喲。就是在這裡和群眾廝混在一起，感覺也是一無所獲呢。那麼，『我就將鏡頭交還給棚內主播嘍』。」

她將通訊機收進懷中轉過身子。

前往部下們待命的咖啡廳——

就在她邁出腳步沒多久，背後突然從「雪與太陽」的方位傳來了慌慌張張的腳步聲。

「隊長，往這裡走！我們要混入人群離開郊區！」

那嗓音聽起來是由一名少年所發出的。

而幾道腳步聲則是跟著他一路來到了夏諾蘿蒂的後方。

「人、人家知道啦，可是這裡真的好擠……」
「隊長，您還好吧？」
「沒、沒事！人家會跟上的，阿伊你先走！你是我們之中傷勢最嚴重的，所以得快點回去治療——呀啊！」
「哇哇！」
某人撞上了夏諾蘿蒂的後背。
大概是打算在人潮之中奔跑，卻又沒注意眼前狀況所致吧。不過，被彈開的反而是衝撞上來的那一方。
畢竟夏諾蘿蒂原本身材就高大，還在帝國軍接受過成為隊長的訓練。
撞上自己的似乎是一名嬌小少女。
「哇，真不好意思。我常常被人說反應遲鈍呢。」
是個小朋友吧。
就在她轉過身子打算伸手之際——
「…………咦？」
夏諾蘿蒂身體僵住，臉上的笑容也為之凝結。映入眼簾的，是有著淡藍色頭髮的少女。她有著一張稚嫩的娃娃臉，纖細的四肢也與孩童相仿。

然而——

夏諾蘿蒂知道與其外表相反，眼前的女子其實是一名成熟的女性。畢竟在她以密探身分活動時，女子便是她在帝國軍裡的——

「……米司蜜絲？」

「諾、諾蘿！」

回頭看向自己的少女，也和自己一樣瞪大了雙眼。

隸屬於帝國軍機構第三師的第九〇七部隊隊長米司蜜絲．克拉斯，是自己過去的同袍，也是女性朋友——然而這都只是表象，實則為自己的仇敵。

「諾蘿……眞正的……諾蘿……呢？」

「哈哈！嚇到我了。夏諾蘿蒂．葛雷高里可是在涅比利斯皇廳土生土長的喔？妳與我結識至今，都是和眞正的我相處喔？」

怎麼會？

帝國軍的隊長怎麼會出現在皇廳——而且還是在中央州？

「米司蜜絲！」

她出於本能伸出了手。

雖然不曉得前因後果，但帝國軍的隊長肯定是敵人。如此堅信的她原本打算抓住米司蜜絲的衣領；然而——

「喂，隊長，這邊走。」

「好、好的！」

經人呼喚而回過神來的米司蜜絲卻還是早一步逃跑了。她活用自己嬌小的體格穿過人潮的縫隙逐漸遠去。

這是身材高大的夏諾蘿蒂所辦不到的絕活。

「站、站住！快來人抓住那個女人！她是帝國人！」

但沒人回應她的吶喊。

夏諾蘿蒂的叫喊聲被周遭的熙攘聲所掩蓋；而警備隊光是鎮壓「雪與太陽」的騷動就已經分身乏術。

在一籌莫展的情況下——

佐亞家的諜報員夏諾蘿蒂只能凝視著身在帝國時期的同袍背影。

Epilogue.1 「所以說為什麼會變成這樣？」

「哼！帝國劍士，你頑強地活下來了啊。」

才剛打過照面，燐就對他咂嘴一聲。

回到旅館客房的伊思卡剛坐在沙發上休息，從王宮急奔而來的燐便對自己扔出一包紙袋。

「拿去。」

「等、等一下！我沒告訴過妳我受了傷嗎！」

「裡面裝的是消毒燙傷的軟膏、繃帶和止痛藥。」

「……謝了。」

他乖乖接下紙袋。

大概是在抵達旅館之前找了間藥局購入的吧，裡頭的每一樣醫療用品都是未開封的新品。

「晚點會和你收錢的。」

「和我收嗎！」

「開玩笑的。」

「……希望妳能別用那麼嚴肅的表情說這種話。」

伊思卡重重地嘆了口氣。

至於燐則是環視客廳一圈開口說：

「娜彌和西詩提爾應該都沒事吧？」

「就和先前通知的一樣，她們都活蹦亂跳的。她們目前在隔壁房裡更衣，而且有米司蜜絲隊長陪伴，應該很快就會過來了吧。」

「我知道了。」

燐點了點頭，仰望天花板交抱雙臂。

「我也向愛麗絲大人報告此事了——雖然沒能找到希絲蓓爾大人，卻查到隨從修鈸茲被關押在地下一樓的事實。」

「沒錯，我們也拍下照片作為證據了。」

「既然如此，愛麗絲大人應該也會有所行動才是。我們會請女王陛下發起強制搜索，一旦露家隨從遭到休朵拉家囚禁的事實公諸於世，那當家（塔里斯曼）堅若磐石的立場就會大受動搖吧。」

但這還無法構成致命傷。

讓帝國軍踏入皇廳的幕後黑手其實是休朵拉家——就結果來說，只要無法將這樣的真相公諸於世，迄今為止的行動就沒有意義。

「話說回來，我也有些在意的事。『雪與太陽』的狀況如何了？我雖然看了電視轉播，但都只拍到腹地外圍的光景。」

「大樓的火災已經撲滅了，畢竟星靈術沒過幾分鐘就會自然消散。但讓我感到訝異的是，那麼大規模的火災，竟然全都是由星靈術所造成的。」

「因為那場火災幾乎得算在那個公主頭上啊。」

代理當家米潔曦比——

那名公主的「拂曉軍隊」中包含一名炎之星靈使。而那名星靈使發揮了伊思卡前所未見的強大火力，使得整層樓都陷入了火海。

「那個叫米潔曦比的公主，妳要是能多說些相關情報的話就好了。」

「嗯？」

「她強得可以用不可理喻來形容。那可不是用『能強化他人星靈』之類的話就能一筆帶過的力量啊。」

「那不是廢話嗎？」

怎麼事到如今還在抱怨這種事？

燐面不改色地回應道：

「她可是那位塔里斯曼打算在女王聖別大典上力薦的人選。未來說不定會成為和愛麗絲大人爭奪女王大位的對手。」

「既然如此，豈不是更該——」

「太陽又怎會輕率地亮出這張底牌？我和愛麗絲大人就算略知米潔曦比的星靈術為何，也無法掌握其力量的全貌。」

「……原來如此。」

涅比利斯皇廳的王室代代都要進行以血洗血的骨肉之爭。

在坐穩女王的寶座之前，他們絕不能讓其他王室獲知利於爭鬥的情報。而星靈的相關資訊也是不能外流的機密之一。

「我還有另一件事想問。那傢伙怎麼樣了？你既然都入侵大樓了，應該也看到他了吧？」

「他是指誰？」

「當然是薩林哲啊。」

「……關於這件事……」

伊思卡歪起脖子，試圖向燐表達自己的困惑。

「那人真的是薩林哲本人嗎？是不是有人看錯了？」

「那是什麼意思？」

「這個嘛……我是有聽見隨從西詩提爾喊出他的名字，而我們抵達『雪與太陽』的高樓層時，腹地裡確實也發生了爆炸……」

「你們沒碰到面嗎？」

「我連個影子都沒見到。」

超越的魔人薩林哲的身影早已烙印在他的腦海之中，要是曾在那棟大樓裡打過照面，伊思卡肯定不會放任他離去。

「是不是有人搞錯了？會不會是別人冒名頂替？」

「唔……」

這回輪到燐皺起了臉龐。

「的確，在談及他這次的舉動時，女王大人也是感到諸多不解。不過只要調閱『雪與太陽』的監視器就能明白……先不說這個了，話又說回來——」

燐掛著苦澀的神情轉動身軀半圈。

「我從剛剛就一直感到很在意。那兩人在做些什麼？」

後方的桌椅處——

循著燐的視線看去，只見音音和陣正默默地進行某種作業。兩人都表現得極為專注，連伊思卡和燐的對話都沒傳進他們的耳裡。

「陣哥，還沒好嗎？」

「別催我。既然只能用蠻力撬開，要是因為施力過大而搞壞內容物，豈不是前功盡棄？」

陣握在手中的，是設計成太陽造型的一只耳環。

他將纖細如針的螺絲起子前端插進金屬釦環中，然後正緩緩地撬開上蓋。

「伊思卡，所以那兩個人到底在做什麼？」

就在燐皺起臉龐的同時，身後的兩人發出了歡呼。

「很好，打開了。」

「哇！真不愧是陣哥！」

「好啦，至於內容物……嗯，和預料的一樣，是一枚記憶晶片啊。雖然不曉得裡面存放著什麼紀錄，但這就交給音音了。」

「好喔～接下來就交給音音我吧。」

音音接過小到能放在小指頭上的輕薄晶片，小心翼翼地插進小型電腦之中，凝視著顯示在螢幕上的一長串字碼。

「嗯……………」

「怎麼樣？」

「就音音我的經驗來看，感覺有鬼的檔案一共有兩個。其中一個要是不請司令部的分析班幫忙，大概解讀不了吧。目前能立即開啟的，只有另一個檔案呢。」

「那個檔案沒加密嗎？」

「嗯。只有這個檔案的作者不同。大概是某人剛從太陽接受到這個檔案，並打算在不久之後刪除掉吧。」

陣和音音凝視著螢幕。

顯示出來的是一張大陸地圖。

一支箭頭從涅比利斯皇廳的中央州浮現，並以影片呈現的方式直直朝著皇廳的國境移去。

「音音，這個箭頭旁邊的數字是什麼意思啊？雖說我看得出來那是用一和零構成的二進位代碼啦。」

「應該是日期和時間吧？若是如此，從中央州離開的時間就是昨天晚上，並於今天早上離開了國境呢。由於這個速度是以飛機為準，所以大概是**載著某種東西移動著**吧。」

「嗯。喂，音音，這支箭頭是不是跑進帝國領土裡啦？」

陣低喃道。

這一瞬間，燐像是被電到似的瞪大雙眼。

「等、等等！我來確認看看……！」

燐勢不可擋地擠到陣和音音的中間，將臉龐湊近螢幕。她惜秒如金地凝視著地圖和箭頭，雙眼眨也不眨。

「……這不可能。」

燐的唇瓣流洩出嘶啞的嗓音。

「中央州的這個地方應該沒有設置機場呀……」

「咦！可、可是？」

「這支箭頭的出現點，位於休朵拉的私有土地上。如果真有私人飛機從這裡起飛，那些傢伙試圖運往國境之外的……難道會是……」

「雪與太陽」裡關押著隨從，卻遍尋不著希絲蓓爾。

而剛好在昨天晚上，有架載著「某物」的飛機從皇廳離境。

結合這些狀況來判斷——

第三公主（希絲蓓爾）被轉移到帝國領土了。

在場所有人都默不作聲。

這並不是單純的推論，而是幾乎有十足的把握。

「……我們晚了一步。」

燐緊咬唇瓣。

「隨從被關在那棟大樓一事要是遭人察覺，就會成為大舉搜索太陽據點的關鍵理由……既然如此，就在遭到搜索之前將人運往國外即可。那個男人實在太狡猾了！」

「箭頭的目的地似乎不是帝都，而是帝國一處超級荒涼的鄉下。」

陣嘆了口氣。

「對我們而言，帝國原本就是我們的家鄉。但回到帝國領內營救魔女（希絲蓓爾），就會讓我們的立場變得相當危險。就像一年前的伊思卡那樣，會觸犯叛國罪。」

「————」

該怎麼辦？

看到陣以眼神無言地示意，燐不禁咬緊牙關。

「營救希絲蓓爾大人是勢在必行之舉，這點我方絕不讓步。」

「這我明白。但就帝國（我們）人來說，我們沒辦法在帝國領土內執行類似這次的入侵作戰，因為這無異於謀反。我說得對吧，隊長？」

「……沒、沒錯。人家也覺得要直接協助你們相當困難。」

米司蜜絲隊長出言回應，而音音則是畏畏縮縮地點了點頭。

對於第九〇七部隊來說，皇廳是敵國領土。

由於襲擊敵方據點不會對帝國造成反叛，他們才有辦法和希絲蓓爾和愛麗絲找到妥協點。

但下次就不一樣了。

……第九〇七部隊也有立場要顧。

……說什麼都不能為了營救希絲蓓爾而在帝國設施裡大鬧一番。

那名男子已經算到了這一步。

只要將希絲蓓爾運到帝國境內，無論是涅比利斯女王還是身為帝國士兵的伊思卡，都將無從出手。

「就只有一個辦法——」

在沉默了好一陣子後，燐一臉苦澀地抬起臉龐。

「米司蜜絲隊長，我有一個提案。」

「請、請說！」

突然被燐這麼指名，使得女隊長拔尖嗓子回應。

「雖然沒能成功營救希絲蓓爾大人，但我們會按照當時的條件，讓你們平安離開皇廳；不過代價是要接受這最後一次的交涉。」

「內、內容是什麼呢？」

「我方會派出密探(間諜)跟蹤你們。而你們則是要在不曉得密探存在的前提下，就此回到帝國領土之中。」

「…………什麼？」

米司蜜絲隊長的雙眼失去了焦點。

就皇廳的立場來說，派出密探跟蹤己方確實是合乎情理的行為。

但「不曉得密探的存在」是什麼意思？

如果不想讓己方知曉，為何還要特地宣示密探的存在？就在伊思卡和音音互看一眼，同時側首感到不解的時候——

「**原來還有這一招啊**。」

銀髮狙擊手微微露出苦笑說：

「我知道了。就我們的立場來說，這確實是能勉強接受的妥協點。然而，這就是我們如假包換的最後一次交涉了。」

「你聽懂了？」

「——簡單來說，就是這麼回事吧。」

陣轉過頭，看向伊思卡一行人。

「我們會離開皇廳回到帝國領土。到這部分為止都和先前談好的條件相同，但回到帝國領土的我們沒有立刻踏入帝都，而是偶然地**經過了關押希絲蓓爾的設施門口**。而追趕在我們身後的那位密探，則是會趁機救出希絲蓓爾——是這麼一回事吧？」

己方只是往帝都踏上歸途罷了。

而愛麗絲派出的密探則是追在己方身後踏入帝國領土，並湊巧發現關押希絲蓓爾的設施——

這就是燐所準備的劇本。

「啊……原來如此。」

伊思卡也終於聽出這背後的意圖。

己方不用出手，只需要默認愛麗絲派出的密探跟隨即可。

「隊長，怎麼樣？」

「……人家覺得這是能勉強接受的條件。要是不接受的話，皇廳大概就不會放咱們回國了，所以只能把持著底線接受他們的條件。」

儘管還有些困惑，米司蜜絲仍轉身看向燐。

「不過，燐小姐。就算那位密探沒能營救希絲蓓爾小姐，咱們也只能劃清界線喔。咱們最多只能默認你們派人跟蹤，不能再做出對帝國不利的行為了……」

「我也不會奢求更多。我方這邊自有安排。」

燐立刻取出通訊機。

「只要愛麗絲大人點頭，這場交涉就宣告成立——愛麗絲大人，抱歉在百忙之中打擾您。小的向您報告，關於希絲蓓爾大人的去向——」

隨從（燐）以緊張的口吻向主子（愛麗絲）報告。

在伊思卡等人的守候下，兩人一來一往地釐清現況。

『……本小姐明白了。』

愛麗絲的嗓音微微從通訊機傳出來。

『燐，就依照妳的提議談妥這次的交涉吧。我們說什麼都要奪回妹妹。說實在的，本小姐其實也很想立刻動身……』

「愛麗絲大人，您要是在這種情況下行動的話，會讓小的傷腦筋的。」

『是呀，這正是太陽打的如意算盤。我不能丟下女王一個人不管。』

這麼回應的愛麗絲──

其嗓音帶著只有伊思卡知曉──公主應有的威嚴。

『本小姐會留在王宮中。營救妹妹的計畫，就交付給信得過的部下執行了。』

「遵命。不過，愛麗絲大人，這名密探的責任和義務非同小可，必須要熟知此事的前因後果，還得具備能將希絲蓓爾大人從帝國設施裡救出的身手──」

『就拜託妳嘍。』

「……什麼？」

燐愣愣地眨了眨眼。

若要比喻的話，她就像看到了鯨魚飛在空中的光景一般，顯得呆若木雞。

「愛麗絲大人，那個，您剛才說什麼？」

『那可是我重要的妹妹，我當然只能交付給信得過的部下。』

「小、小的當然明白！但我的構想是……讓女王大人的護衛，或是尚有閒暇的王宮守護星出馬之類的……」

『那可不行。』

主子的答案相當殘酷。

『跟隨帝國部隊的密探必須滿足一個條件，也就是要與帝國部隊有所熟識。雖說名義上是跟蹤，但實際上則是同行，所以必須是雙方都認識的人物才行。』

「————」

燐的臉孔逐漸變得蒼白。

沒錯。若要符合主子提出的條件，那整個皇廳就只有一人適合。

「……那個，愛麗絲大人？」

『怎麼啦？』

「如您所知，小的非常討厭帝國，光是在世界地圖上看到帝國的疆域就會起雞皮疙瘩。我要是踏進帝國領土的話……」

Epilogue.1　「所以說為什麼會變成這樣？」

『好啦，燐，快出發吧！』

主子高聲喊道：

『為了奪回妹妹，妳得跟著伊思卡進入帝國！這是只有妳才能承接的光榮使命喔！』

「人家才不要這種榮耀啦——————！」

滿臉通紅的燐所發出的吶喊，迴蕩在旅館客房的客廳之中。

Epilogue.2　「那是這世上最為激昂的憤怒」

這裡是比天空更為湛藍的地下空間——

利用天然鐘乳石洞打造出來的巨大地下通道中迴蕩著水滴垂落的聲響。

涅比利斯王宮隔離區——

藍色的地底湖。

滾滾湧水清澈而通透，而藍色的光芒其實來自於湧泉下方。從地下噴出的藍色星靈能源混入地底湖的水脈之中，因此使得地底湖呈現鮮豔的藍色。

喀！

一道乾澀的腳步聲踩在凹凸不平的這條坡道上。

腳步聲踩過橫跨地底湖水面的橋梁。而在橋梁的盡頭處，矗立著一口巨大的玻璃棺材將內容物保存起來。

在這口透明棺材中，可以看見一名年約十三四歲的少女身影——

「始祖大人。」

假面男子對少女行了一禮。

佐亞家代理當家假面卿僅讓兩名親信陪同，緩緩地走近玻璃棺材。

「時機已然成熟，是時候讓您從夢中醒來了。」

他抬頭仰望少女。

少女有著被曬成紅銅色的肌膚，以及微捲的珍珠色長髮。沉眠的她看起來面容尚幼，帶著幾分可愛的氣息。

然而——

假面卿很清楚，這名看似可愛的少女胸中，其實懷抱著這世上最讓人害怕的嗟怨之念。

始祖涅比利斯。

過去曾將帝都變為火海的最古老——同時也是最強的星靈使。帝國雖然懷著恐懼之心將星靈使稱作魔女；然而這世上會被稱為「大魔女」的，永遠只有這一號人物。

「雖說不只是女王，連支持露家的家臣們都表示反對，但這並不難辦。要操控聲浪的方法要多少有多少。」

他拆下用以封印棺材的其中一道金屬鎖頭。

然後是下一道。他接連拆下金屬鎖頭，並將這些鎖頭全數扔入眼前的地底湖。

最後一個。

假面卿低頭看著帶有女王徽記的金屬鎖頭，輕輕地笑了一聲。

「那是這世上最為激昂的憤怒，在消滅帝國之前誓不罷休。」

始祖與其後裔——

最為古老的魔女和最新誕生的魔女們，即將一同踏入充斥混沌的全新時代。

後記

在狩獵魔女之日結束後過了一天——

感謝各位購買《這是妳與我的最後戰場，或是開創世界的聖戰》（這戰）第八集。

這一集的主題為「預兆」。

在第七集接連爆發的使徒聖VS純血種之戰結束後，帝國和皇廳都各自察覺到將有變革發生，並讓各自的國家邁入新時代。

帝國將俘虜到的始祖後裔們運回國內——

而皇廳則是有太陽的公主下場參戰。

如此一來，星星、月亮和太陽的公主們都正式登臺亮相，敬請期待她們在女王聖別大典上爭奪女王之位的動向！

而下一集——

終於要進入「帝國禁忌篇」了。

第九〇七部隊追著希絲蓓爾返回帝國後，究竟會看到什麼樣的光景……如此這般，接下來總算要觸及帝國的祕密了。

我接下來也會用盡全力向前衝刺，因此還請各位一定要多加期待喔！

（支持希絲蓓爾的各位也敬請期待。）

那麼、那麼。

關於故事本篇的話題就到此為止，來公布一些訊息吧。

一如在兩個月前「Fantasia文庫大感謝祭２０１９」上宣布的消息——

《這是妳與我的最後戰場，或是開創世界的聖戰》

決定要製作成電視動畫了！

雖說詳情會逐步公布，但能在這個時間點上發表第一波消息，實在讓我相當開心。說起來，《這戰》是細音我出道十週年開始撰寫的故事，從開始連載時就灌注我的全副心力，如今依然感觸良多。

在消息公布的當天，細音我的推特爆出了前所未有的迴響……這讓我再次感受到《這戰》是一則幸福的故事。

真的、真的很感謝大家。

希望再過一段時間能再向各位公布動畫的後續消息。

細音我的推特（https://twitter.com/sazanek）也會不時張貼一些小道消息，請各位有空的時候前來觀看喔！

而在多媒體合作方面，okama老師所繪製的《這戰》漫畫第三集，將會與這一集小說同月上市（註：此指日本當地的販售狀況）。

由於也會贈送活動特典，還請各位前往官方推特確認詳情。

在撰寫這篇後記的時候，其實還沒有公布特典為何，所以我有些戒慎恐懼；但在第八集於書店上架的時候，我的推特應該也已經公布了相關訊息才對！

（將責任託付給未來的自己，真是不可思議的感覺……）

而同步連載的系列作，也在此稍作介紹——

這回決定製作動畫的雖然是《這戰》，然而與此同時，許多讀者仍給予我「我也會支持其他作品！」這樣的鼓勵……這也讓我非常開心，請容我借用這裡的篇幅向各位道謝。

雖說細音我迄今寫了不少長篇作品，但除了《這戰》之外，我也希望能秉持著珍視和努力的心態寫下每一部作品。

如果各位願意支持筆者的這些拙作，我會感到非常開心！

▼《為何我的世界被遺忘了？》（為何我）

目前發售到小說第七集。（應該很快就會有第八集的上市消息了！）

漫畫版則是在《月刊Comic Alive》上連載。

▼《世界末日的世界錄》

小說全十集完。

漫畫版則是在《月刊Comic Alive》上連載中。

這兩部作品的漫畫版都在「Niconico靜畫」和「ComicWalker」上免費公開，希望能為各位帶來些許樂趣！

然後最後——

在這次《這戰》決定製作動畫的過程中，我受到了包含Fantasia編輯部在內的多位人士鼎力相助。

還請讓我借用這個場合答謝他們。

——前任責編K大人（《這戰》的企畫負責人）。

真的非常謝謝您。在前些日子的Fantasia大感謝祭上，您竟然還特地蒞臨會場，讓我感到非常開心。

我目前還是懷抱著既期待又怕受傷害的心情，希望您繼續守望我！

——現任編輯長S大人。

在聽聞撐起《這戰》企畫、給了我諸多照顧的該任編輯長要卸任一事時，我原本抱持著些許忐忑的心情……但在聽到S編輯長接棒的消息後，我就打從心底感到安心了。這也可以說是喜極而驚呢（笑）。

再次請您多多指教。

※對於曾經看過細音其他作品的讀者來說，若說這位是《冰結鏡界的伊甸》和《不完全神性機關伊莉斯》的責編，或許就能有所感悟了吧？

——現任責編Y大人。

在Fantasia大感謝祭和每天與《這戰》搏鬥的過程中，都大大地受您關照了！

這位恐怕可說是細音迄今受到最多照顧的編輯，應該也是最為《這戰》忙得焦頭爛額的人士了。雖說適逢動畫化的到來，接下來想必還有一段漫漫長路，但您若願意和我一起在這條路上奔馳，我會非常開心喔！

（啊，但還請以不會過度勞累為前提。）

——插畫家猫鍋蒼老師。

Fantasia大感謝祭上穿著和服的愛麗絲真的超級漂亮的！

《這戰》第八集的封面人物米潔曦比真是美若天仙；而每當收到彩頁和黑白插畫時，我總是會帶著加速的心跳拜閱呢。雖說這麼說有些為時過早，但我已經開始期待猫鍋蒼老師筆下的伊思卡和愛麗絲動起來的那一瞬間了呢！

還有……這個嘛……

我雖然也想介紹動畫的工作人員，但這就當成下一次的有趣話題吧。

那麼，後記也來到最後階段了。

下回，《這是妳與我的最後戰場，或是開創世界的聖戰》第九集。

劍士伊思卡和魔女公主愛麗絲的故事——

兩人的舞臺移往帝國，並進一步加速。他們會遇上左右今後故事的重大祕密（說不定也有燐的帝國冒險記喔？），各位敬請期待。

那麼再會了——

希望能在2020年冬季的《為何我》第八集。（註：本書的實際上市日為2020年2月25

日，因此此處指的是「從２０１９年延續到２０２０年的那個冬季」。）

以及同樣於２０２０初春發售的《這戰》第九集和大家再會。

於秋末的午間時分　細音啓

下集預告

我想起了讓人厭惡的名字……

她是個危險的女人。要是不把她抓起來，肯定會成為帝國的威脅。

追著第三公主希絲蓓爾的蹤跡，伊思卡一行人回到了帝國。

然而，他們最後於探查地點發現到的，

是帝國這個國家不為人知的禁忌面。

與此同時，皇廳也遇上了新的威脅。

伊思卡、愛麗絲以及希絲蓓爾所見到的究竟是——

至高魔女與最強劍士的舞蹈，第九幕。

這顆星球最為危險的祕密即將浮上檯面。

就算是有點色色的三姊妹，你也願意娶回家嗎？ 1～3 待續

Kadokawa Fantastic Novels

作者：浅岡旭　插畫：アルデヒド

「忙碌的生活……真是舒爽～!!」
居然被要求在學校進行散步PLAY和緊縛PLAY!?

最近三姊妹有點不太對勁。不，雖然原本就很不正常。旅行結束後，花鈴比以前更愛光著身子黏過來；月乃儘管還是動不動就發情，對我的態度卻非常冷淡。雪音小姐則為了準備即將到來的校慶而疲累不堪，使得她超級被虐狂的本性在學校瀕臨失控邊緣!?

各 **NT$220/HK$73**

我喜歡的妹妹不是妹妹 1~8 待續

Kadokawa Fantastic Novels

作者：惠比須清司　插畫：ぎん太郎

「其實我……我一直都很喜歡哥哥！」
為了有望當上作家的祐，涼花提供的協助是……!?

祐的投稿接到出版社回應，在通往作家之路又邁進一步。涼花主動協助倒還算好……祐向舞她們尋求建議，卻變成要描寫理想的命運相會，靠震撼力來分輸贏，還爆發愛情喜劇大論戰!?又是求親吻，又是讓祐撒嬌，又被告白，展開驚滔駭浪大對決──！

各 **NT$200~220/HK$67~73**

不起眼女主角培育法 1~13、FD1~2、GS1~3、Memorial1~2

Kadokawa **Fantastic** Novels

作者：丸戸史明　插畫：深崎暮人

不褪色的回憶集錦——
超人氣青春塗鴉的FAN BOOK再度登場！

完整收錄現已難以入手的短篇。此外還有讀了可以更深究劇場版樂趣的原作者訪談，再加上總導演／配音成員專訪，充實豐富的內容值得一讀，至於特別短篇則收錄了致使倫也向惠痛下決心的「blessing software」頭一筆商業接案！

各 **NT$180~220/HK$55~73**

普通攻擊是全體二連擊，這樣的媽媽你喜歡嗎？1~8 待續

Kadokawa Fantastic Novels

作者：井中だちま　插畫：飯田ぽち。

真真子以偶像的力量拯救世界，最愛你的媽媽會用滿滿的愛緊緊擁抱你！

真人一行人勇赴居於幕後操控四天王的首腦所等待的哈哈帝斯城，要勸突然宣言自己成為了四天王之一，並離開隊伍的波塔回歸正途。然後，為了化解這世界級的危機，真真子她——竟然與和乃跟梅迪媽媽組成了偶像團體！

各 **NT$220~240/HK$68~80**

刺客守則 1~9 待續

Kadokawa Fantastic Novels

作者：天城ケイ　插畫：ニノモトニノ

暗殺教師與無能才女對殘酷的命運加以反擊。
賭上人類存亡，兩人的羈絆面臨考驗——！

塞爾裘的婚禮迫在眉睫，庫法以吸血鬼模樣混入聚會。而向庫法請求協助的居然是馬德．戈爾德——另一方面，梅莉達為救莎拉夏而潛入飛行船，得知了隱藏在這場革命背後的真相與侵蝕席克薩爾家的詛咒，她為了反抗命運而不停奔波……

各 **NT$220~260/HK$68~87**

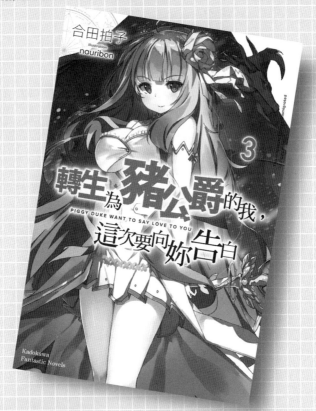

約會大作戰DATE A BULLET 赤黑新章 1~5 待續

作者：東出祐一郎　原案・監修：橘公司　插畫：NOCO

Kadokawa Fantastic Novels

狂三為了贏得撲克牌對決，
竟然在夜晚的街頭當兔女郎？

「想讓我打開通往第六領域的門——就去賺錢吧。」第七領域支配者佐賀繰由梨提出這樣的條件。時崎狂三與緋衣響為此要到賭場賺錢，但玩吃角子老虎賺的錢對目標金額仍是杯水車薪。於是狂三賭上全部財產，與齊聚到第七領域的眾支配者以撲克牌對決！

各 **NT$220~240/HK$68~80**

為何我的世界被遺忘了？ 1~4 待續

Kadokawa Fantastic Novels

作者：細音 啓　插畫：neco

「兩位希德」之真實身分究竟是——
「後續」最令人在意的奇幻巨作第四彈！

解放世界的任務進行得太過順利雖然令貞德感到困惑，她依然決定前往幻獸族支配的修爾茲聯邦。當凱伊一行人與「知曉這個世界的祕密的人們」邂逅時，潛伏在五種族大戰的影子底下的「真正支配者」隨之甦醒——

各 **NT$200~220/HK$65~73**

青梅竹馬絕對不會輸的戀愛喜劇 1 待續

Kadokawa Fantastic Novels

作者：二丸修一　插畫：しぐれうい

我的青梅竹馬要用最棒的方式
幫我向初戀對象報仇？

　　我的青梅竹馬志田黑羽似乎喜歡我，不過，我第一個喜歡上的對象是美少女兼校園偶像，拿過芥見獎的高中在學女作家——可知白草！然而，聽說白草交到了男友，我的人生便急轉直下。黑羽對陷入失意的我耳語——既然這麼難過，要不要報仇？

NT$200/HK$67

國家圖書館出版品預行編目資料

這是妳與我的最後戰場，或是開創世界的聖戰 / 細音啟作；蔚山譯. -- 初版. -- 臺北市：臺灣角川股份有限公司，2021.01-
冊；　公分. -- (Kadokawa fantastic novels)
譯自：キミと僕の最後の戦場、あるいは世界が始まる聖戦
ISBN 978-986-524-196-4(第7冊：平裝). --
ISBN 978-986-524-344-9(第8冊：平裝)

861.57　　　　109018342

Kadokawa
Fantastic
Novels

這是妳與我的最後戰場，或是開創世界的聖戰 8

（原著名：キミと僕の最後の戦場、あるいは世界が始まる聖戦 8）

2021年4月21日　初版第1刷發行

作　者：細音啓
插　畫：猫鍋蒼
譯　者：蔚山

發行人：岩崎剛人
總編輯：蔡佩芬
編　輯：彭曉凡
美術設計：李思穎
印　務：李明修（主任）、張加恩（主任）、張凱棋

發行所：台灣角川股份有限公司
地　址：105台北市光復北路11巷44號5樓
電　話：（02）2747-2433
傳　真：（02）2747-2558
網　址：http://www.kadokawa.com.tw
劃撥帳戶：台灣角川股份有限公司
劃撥帳號：19487412
法律顧問：有澤法律事務所
製　版：尚騰印刷事業有限公司
ISBN：978-986-524-344-9